हिन्द पॉकेट बुक्स

वैराग्य शतक

भर्तृहरि संस्कृत मुक्तक काव्य परम्परा के अग्रणी कवि हैं। भारतीय साहित्य के इतिहास में भर्तृहरि एक नीतिकार के रूप में भी प्रसिद्ध हैं। इनके शतकत्रय *(नीति शतक, शृंगार शतक, वैराग्य शतक)* की उपदेशात्मक कहानियाँ भारतीय जनमानस को विशेष रूप से प्रभावित करती हैं। प्रत्येक शतक में सौ-सौ श्लोक हैं। बाद में इन्होंने गुरु गोरखनाथ के शिष्य बनकर वैराग्य धारण कर लिया था, इसलिए इनका एक लोक प्रचलित नाम बाबा भरथरी भी है।

संस्कृत साहित्य का अमर ग्रन्थ

वैराग्य शतक

भर्तृहरि

हिन्दी अनुवाद

डॉ. अमर सचान

हिन्द पॉकेट बुक्स

पेंगुइन रैंडम हाउस इम्प्रिंट

हिन्द पॉकेट बुक्स

यूएसए | कनाडा | यूके | आयरलैंड | ऑस्ट्रेलिया | सिंगापुर
न्यू ज़ीलैंड | भारत | दक्षिण अफ्रीका | चीन

हिन्द पॉकेट बुक्स, पेंगुइन रैंडम हाउस ग्रुप ऑफ़ कम्पनीज़ का हिस्सा है,
जिसका पता global.penguinrandomhouse.com पर मिलेगा

पेंगुइन रैंडम हाउस इंडिया प्रा. लि.,
चौथी मंजिल, कैपिटल टावर -1, एम जी रोड,
गुड़गांव 122 002, हरियाणा, भारत

पेंगुइन
रैंडम हाउस
इंडिया

प्रथम हिन्दी संस्करण हिन्द पॉकेट बुक्स द्वारा 1988 में प्रकाशित
यह हिन्दी संस्करण हिन्द पॉकेट बुक्स में पेंगुइन रैंडम हाउस द्वारा 2021 में प्रकाशित

हिन्दी अनुवाद : डॉ. अमर सचान
संपादन : आचार्य विश्व प्रकाश दीक्षित 'बटुक'

10 9 8 7 6 5 4 3 2

ISBN 9789353496128

मुद्रकः रेप्रो इंडिया लिमिटेड

www.penguin.co.in

MIX
Paper from responsible sources
FSC® C047271

This is a legitimate digitally printed version of the book and therefore might not have certain extra finishing on the cover.

वैराग्य शतक : एक परिचय

भारत के प्राचीन ऋषियों-मुनियों में महाराजा भर्तृहरि का नाम बड़ी श्रद्धा के साथ लिया जाता है। भर्तृहरि ने मानव-कल्याण के लिए श्रेष्ठ ग्रंथों की रचना की—'शृंगार शतक', 'नीति शतक' एवं 'वैराग्य शतक'। इन ग्रंथों में दिया गया 'ज्ञान' अनुभवजन्य जीवन का सार-तत्व है। आप जन्मजात ऋषिकुल से संबंधित नहीं थे; बल्कि आप मालवा नामक राज्य में उज्जयिनी नगरी के महान् सम्राट् थे। ये राजा विक्रमादित्य के बड़े भाई थे। आपका शासन अद्वितीय था। प्रजा सुखी और सम्पन्न थी।

सबसे पहले आपने 'शृंगार शतक' की रचना की। इसमें नारियों के रूप-लावण्य के साथ विभिन्न ऋतुओं में उनके मन में उठने बाले विभिन्न शृंगार-संबंधी भावों का सही चित्रण किया गया है और आभूषणों के धारण करने से उत्पन्न सौंदर्य को शब्दों के रूप में बांधा है। इसके बाद आपने 'नीति शतक' की रचना की थी, चूंकि एक राजा के लिए भोग-विलास ही सब कुछ नहीं होता; इसी कारण उन्होंने जीवन के अनुभवों एवं सत्यों के आधार पर नीति और आचरण-संबंधी ग्रंथ लिखा, जिसमें दो राजाओं या प्रजाजनों के बीच कब, कैसा, क्या व्यवहार होना चाहिए जैसी बातें बताई गई हैं।

भर्तृहरि ने अपने जीवन के तीसरे दौर में 'वैराग्य शतक' की रचना की। यह ग्रंथ सबसे श्रेष्ठ बन पड़ा, क्योंकि इसमें उनके पूरे जीइन का निचोड़ है। उन्होंने बताया है कि जीवन में भोग-विलास, राज-पाट, बचपन-यौवन का कोई महत्व नहीं है। यह तो सब माया के झूठे बंधन हैं। सच्चा सुख तो आत्मज्ञान में ही निहित है जिसे केवल वैराग्य के माध्यम से ही पाया जा सकता है।

यह भी कहते हैं कि भर्तृ हरि अपनी जिस रानी को प्राणों से अधिक प्यार करते थे उसी ने उन्हें धोखा दिया, वह किसी और से प्रेम करती थी। बस

इसी बात से उन्हें अपने जीवन, राजपाट, और भोग-विलास के प्रति वितृष्णा एवं ग्लानि हो गई। उन्हें इस ग्लानि से ही वैराग्य प्राप्त हुआ। वैराग्य से ही आत्मज्ञान मिला। चूंकि वह एक राजा भी रह चुके थे अतः प्रजा के कष्टों को समझते थे। उन्होंने विचार किया कि आम आदमी जिस माया-मोह के पीछे भागते हुए अपने जीवन को गंवा देता है और दुःख उठाता है वह कितना सारहीन है, क्यों न इस रहस्य को सबके सामसे रखा जाय? इसी विचार को सामने रखकर उन्होंने 'वैराग्य शतक' की रचना की।

'वैराग्य शतक' में एक सौ तेरह श्लोक हैं। प्रत्येक श्लोक में दिया गया विचार अपने-आप में सम्पूर्ण है तथा पाठक को वास्तविक ज्ञान से परिचित कराता है।

भर्तृहरि ने 'वैराग्य शतक' में बताया है कि मनुष्य का जन्म कई योनियों में भटकने के बाद मिलता है अतः इस जन्म में ही मनुष्य यदि आत्मज्ञान से ब्रह्म में लीन हो जाए तो जन्म-मरण के चक्र से छुटकारा पाया जा सकता है, नहीं तो उस जन्म में ही नहीं कई जन्मों तक सांसारिक कष्ट भोगने पड़ेंगे।

भर्तृहरि ने अपने इस ग्रंथ में बताया है कि जिस प्रकार ब्रह्म या पर-मात्मा अजर, अमर और नित्य है, उसी प्रकार मानव की आत्मा या जीव भी अजर-अमर है। यदि नाशवान् है तो केवल यह शरीर है, किन्तु माया के बंधन में जकड़ा जीव तब तक ब्रह्म से नहीं मिल पाता जब तक कि उसे ज्ञान प्राप्त नहीं होता। इस ज्ञान-प्राप्ति के लिए आवश्यक है कि वह जगत् के भौतिक बंधनों को त्यागकर वैराग्य धारण करें और फिर ब्रह्म का ध्यान करे।

इस ग्रंथ में यह भी बताया गया है कि शरीर 'जड़' और 'जीव' चेतन है। जीव का निवास स्थान शरीर है। जैसे तेल से दीपक प्रकाशमान रहता है ठीक वैसे ही जीव से शरीर सक्रिय रहता है। जीव को इसी कारण अपने घर से मोह हो जाता है और वह ईश्वर को नहीं पहचान पाता। जीब अज्ञान में डूबा रहता है, जीव को परमात्मा की सदा ही याद बनी रहे, इसके लिए ज्ञान आवश्यक है। इसी से वह अपने इष्ट को पहचान सकेगा और उसका

इस शरीर से उस शरीर में रहने का मोह छूट जाएगा।

'वैराग्य शतक' में यह भी बताया गया है कि जिस प्रकार दीपक की लौ जलकर पतंगा अपनी जान दे देता है, ठीक उसी प्रकार मनुष्य भी माया रूपी दीपक के चारों ओर घूमते हुए जान दे देता है। वैसे तो यह मनुष्य संसार के समस्त प्राणियों में चतुर है और उसे यह भी मालूम है कि बड़े-बड़े राजा-महाराजा आये और चले गए, पर परिवार, धन, दौलत किसी के साथ नहीं गया, फिर भी वह माया-मोह को नहीं छोड़ता।

संसार में पशु-पक्षी भी पेट भरकर जीते रहते हैं, और मनुष्य भी। परन्तु मनुष्य केवल पेट ही नहीं भरता, वह और भी न जाने कितनी इच्छाएं रखता है, जो कभी भी पूर्ण नहीं हो पाती और उसकी उम्र यूं ही गुजर जाती है। अंत में वह मृत्यु के मुंह में समा जाता है। मनुष्य पशु-पक्षी से श्रेष्ठ है, अतः उसे चाहिए कि वह अपनी इच्छाओं को दबा ले। सुखी जीवन लिए सन्तोष अतिआ आवश्यक है।

मनुष्य का यह जीवन तो यूं ही छोटा है, उस पर आधी से ज्यादा उम्र सोने में निकल जाती है। शेष में दो भाग बालपन और बुढ़ापे में निकल जाते हैं। शेष बची जवानी तो स्त्री के पीछे दौड़ती अनंत तृष्णाओं के शमन में ही कट जाती है। इसलिए इस मनुष्य जीवन का उपयोग अच्छे कामों में करना चाहिए।

मनुष्य जीवन का लक्ष्य है ब्रह्मानन्द की प्राप्ति। ब्रह्मानंद की प्राप्नि के लिए आवश्यक है कि जल्दी-से-जल्दी मनुष्य सावधान हो जाए और इस संसार की वासनाओं को त्यागकर कहीं एकांत में शिव का ध्यान करे। अपनी समस्त इच्छाओं को त्यागकर केवल सात्विक आहार द्वारा ही जीवन यापन करे। वैराग्य की इस चरमावस्था में पहुंच उसे शत्रु-मित्र के भाव भूलकर सब में केवल ब्रह्म के ही दर्शन करने चाहिए। जिस ममय बह ब्रह्म-मय हो जाएगा उसकी वही मोक्ष की परमावस्था होगी।

महाकवि भर्तृहरि ने अपने ग्रंथ 'वैराग्य शतक' में मनुष्य को इन्हीं सुन्दर-सुन्दर उपदेशों के द्वारा माया के प्रति सावधान किया है। और उन्होंने

जल्द-से-जल्द इस मिथ्या जगत् को छोड़कर वैराग्य लेने की सलाह दी है। इस पुस्तक में सभी श्लोकों के मूल अर्थ दिये हैं। मूल अर्थ के बाद उसकी व्याख्या दी गई है, जिसमें श्लोक के भाव को खुलासा करके समझाया गया है। इसी कारण यह पुस्तक अत्यंत सरल एवं सुरुचिपूर्ण बन सकी है। आशा है बढ़ती हुई भौतिकता के इस युग में यह पुस्तक पाठकों को एक सही दिशा देगी और अंधी दौड़ में संभलकर चलने का सबक देगी।

अनुक्रम

महाराजा भर्तृहरि : जीवनगाथा

नीति शतक के लेखक भर्तृहरि की जीवनगाथा जीवन के मीठे-कड़वे अनुभवों से भरी हुई है। अपने अनुभवों और अपनी प्रतिभा के बल पर राज-पाट छोड़कर वैरागी बने योगीश्वर भर्तृहरि ने नीति शतक, श्रृंगार शतक और वैराग्य शतक की अमर कृतियों का सृजन किया। इन तीन काव्यों का नाम संस्कृत साहित्य में ही नहीं, संसार के प्रेरणात्मक साहित्य में बड़े गौरव से लिया जाता है।

मालवा प्रान्त (मध्य प्रदेश) की राजधानी उज्जैन के राजा भर्तृहरि विक्रमी संवत् के प्रणेता राजा विक्रमादित्य के बड़े भाई थे। छोटे भाई की योग्यता पर पूर्ण आस्था रखकर राजा भर्तृहरि ने राजकीय शासन के अनेक जटिल कार्य विक्रमादित्य के हाथों में सौंप दिये और स्वयं वैरागी बनकर ब्रह्मानन्द में लीन हो गये। तीनों शतकों की रचना उन्होंने इसी आनन्द में मग्न होकर की थी।

उस आनन्द की पराकाष्ठा तब हुई जब राजा ने एक असाधारण रूपवती युवती पिंगला से विवाह कर लिया। नवयुवती पिंगला के रूपपाश में बंधकर महाराजा भर्तृहरि राजकार्य से विमुख होकर पिंगला की प्रसन्नता के लिए ही सब काम करने लगे। और पिंगला प्रत्यक्ष में सती-साध्वी रहकर परोक्ष में राजमहलों के एक दारोगा पर आसक्त हो गई।

भर्तृहरि के छोटे भाई विक्रम को जब पिंगला के इस पापाचार का ज्ञान हुआ तो उन्होंने बड़े भाई को सावधान किया। भर्तृहरि ने विक्रम की बातों पर विश्वास नहीं किया। पिंगला ने अवसर देखकर विक्रमादित्य पर ही यह लांछन लगा दिया कि वह दुराचारी है। उसकी नीयत खराब है। उसने कई बार मुझे पाप में धकेलने की चेष्टा की है।

पिंगला नगरसेठ को भी अपने जाल में फंसाकर विक्रम के विरुद्ध

फरियाद करवा दी कि "विक्रम मेरी पुत्रवधू को बुरी नज़र से देखता है।"

नगरसेठ के मुख से भी विक्रम के अनाचार की झूठी बात सुनकर भर्तृहरि ने विक्रम को देशनिर्वासन का दण्ड दे दिया। विक्रम उसी क्षण उज्जैन छोड़कर चले गये।

कुछ दिन बाद एक ब्राह्मण राजा भर्तृहरि के राजदरबार में आया। उसके हाथ में एक फल था। उसने राजा से कहा : "राजन्, मेरी तपस्या से प्रसन्न होकर वरदानस्वरूप एक देवता मुझे यह अमर फल दे गये हैं। मैं इसे खाकर अनन्त काल तक युवा रह सकता हूं। किन्तु मुझे अपने दरिद्रता-पूर्ण जीवन में यौवनसम्पन्न रहने की इच्छा नहीं है। आप इसे लेकर दीर्घ-काल तक युवा रहते हुए समृद्धि का भोग कीजिए, और मुझे कुछ धन दे दीजिए जिससे मैं कुछ दिन निश्चिन्तता और आनन्द से व्यतीत कर लूं।"

महाराजा ने दरिद्र ब्राह्मण को प्रचुर धन देकर अमर फल ले लिया। किन्तु उसका भोग स्वयं न करके अपनी रूपलावण्यवती पत्नी पिंगला को देकर बोले : "प्रिये, यह फल मनुष्य को अमर यौवन प्रदान करता है। मैं चाहता हूं तुम्हारा अपूर्व सौन्दर्य सदा स्थिर रहे और मैं तुम्हारी रूप-माधुरी देखते हुए जीवन कृतार्थ करता रहूं–अतः यह अमर फल तुम्हें दे रहा हूं।"

"आपकी आज्ञा शिरोधार्य है", कहकर दिखावटी संकोच दिखाते हुए पिंगला ने वह फल ले लिया। किन्तु राजा के बाहर जाते ही अपने प्रेमी दारोगा को बुलवाया। और यह कहते हुए कि: "प्राणप्रिय! संसार में मुझे तुमसे अधिक कोई प्रिय नहीं। तुम्हारा यौवन अमर बना रहे तो मेरा आनन्द भी अमर रहेगा।" अमर फल उसके हाथों में दे दिया।

दारोगा उस फल को लेकर सीधा अपनी प्रेयसी वेश्या के पास गया और यह कहते हुए कि–"प्रिये, संसार में तुमसे अधिक मुझे कोई प्रिय नहीं। तुम्हारा यौवन अमर बना रहे तो मेरा आनन्द भी अमर रहेगा।" अमर फल उसके हवाले कर दिया।

फल पाकर वेश्या सोचने लगी, 'मैं अपने घृणित शरीर के यौवन को अमर बनाकर क्या करूंगी, इसे तो मेरे प्यारे राजा भर्तृहरि खा लें तो यह अमर फल सार्थक हो जाए।'

यही सोचकर वह राजदरबार में चली गई। वहां राजा के समक्ष

जाकर उसने कहा :

"महाराज, आज मुझे एक आश्चर्यकारी फल मिला है। इसे खाने वालों का यौवन सदा स्थिर रहता है। मैं इसे खाऊंगी तो सारा जीवन पाप कमाऊंगी। यह तो आपके ही खाने योग्य हैं, जिससे आप अमर रहें, और आपके राज्य में सारी प्रजा अनन्त काल तक सुखी रहे।"

वेश्या के हाथ में वही फल देखकर जो उसने अपनी प्राणाधिक प्रेयसी पिंगला को दिया था, महाराज भर्तृहरि चकित रह गये। कुछ देर निस्तब्ध रहने के बाद उन्होंने वेश्या से वह फल लिया और स्वयं उसे उदरस्थ कर लिया।

बाद में अपने गुप्तचरों द्वारा उन्होंने उस फल के एक हाथ से दूसरे हाथ में जाने, दूसरे से तीसरे, और फिर अपने ही हाथ में लौट आने की पूरी कहानी का पता लगा लिया।

महारानी पिंगला के छल-कपटपूर्ण व्यवहार और पापपूर्ण विश्वासघात से उनके हृदय पर जो आघात पहुंचा, उसे वह सहन न कर सके। इस दुर्भाग्यपूर्ण घटना ने महाराज के मोहपाश को छिन्न-भिन्न कर दिया। संसारी प्रेम की निःसारता को उन्होंने पूरी तरह पहचान लिया। नारी-प्रेम के प्रति उनके हृदय में तीव्र विरक्ति के भाव जागृत हो गये।

अपनी आत्मानुभूति को तीन शतकों के काव्य में अभिव्यक्त करते हुए महाराज भर्तृहरि ने वैराग्य शतक के श्लोकों में संसार की यथार्थता का रहस्य खोला है, सत्य को पहचानने की चेष्टा की है।

नारी-प्रेम से ठगे जाने के बाद महाराज अपनी विवाहिता विश्वास-घातिनी पत्नी से ही नहीं—संसार के समस्त रागद्वेषमय व्यवहार से विरक्त हो गये, राजमहलों के ऐश्वर्य का सदा के लिए परित्याग करके आपने सघन वनवीथियों को ही अपना निवास बना लिया।

राजा भर्तृहरि के वन-गमन के बाद आपके छोटे भाई विक्रम मालवा के अधीश्वर बने। उनके नाम से ही विक्रमी संवत् प्रचलित हुआ।

ooo

वैराग्य शतक

1

दिक्-काल-मुक्त परमेश्वर को नमस्कार

जो सभी दिशाओं एवं तीनों कालों में विद्यमान् है, अविछिन्न, अनंत, सर्वव्यापी चैतन्य-स्वरूप है, जिसे केवल अपने अनुभव से ही जाना जा सकता है, जो शान्त एवं तेजोमय है, ऐसे परब्रह्म परमात्मा को नमस्कार है।

ईश्वर पूरब, पश्चिम आदि दसों दिशाओं में विद्यमान् है अर्थात् जो ब्रह्माण्ड के प्रत्येक भाग में उपस्थित है, जो भूत, भविष्य और वर्तमान तीनों कालों से भी नहीं बंधा है, अर्थात् किसी भी दिशा या काल की सीमाओं से नहीं घिरा है, जो पहले था आज भी है और आगे भी रहेगा। यह संसार क्षणिक एवं नाशवान् है, पर ईश्वर अजर एवं अमर है। इसी कारण अनंत एवं अविनाशी है। वह अमूर्त होकर मूर्त एवं मूर्त होकर भी अमूर्त है। वह दिखाई न देता हुआ भी अपनी रचना में दिखाई देता है, और कण-कण में मौजूद होता हुआ भी प्रत्यक्ष दिखाई नहीं देता। उसकी उपस्थिति समस्त विश्व के चर-अचर में है। उस चैतन्यमय ईश्वर को केवल अनुभव से जाना जा सकता है। वह परमशांत एवं तेजयुक्त है। मैं उस ईश्वर को बार-बार प्रणाम करता हूं।

2
अपने सुविचार किसे सुनाएं

जो बुद्धिमान् हैं, वे जलन और ईर्ष्या-युक्त हैं; जो धनवान् हैं, वे धन के मद से चूर हैं। इनके अतिरिक्त जो शेष हैं वे बुद्धिहीन-अज्ञानी हैं; फल यह होता है कि बुद्धिमत्तापूर्ण सुन्दर-सुन्दर विचार शरीर के अन्दर (हृदय में) नष्ट हो जाते हैं।

संसार में एक प्रकार के वे व्यक्ति हैं जो बुद्धिमान् हैं, चतुर हैं, जिन्हें भले-बुरे का ज्ञान है, जो किसी की बातों या विचारों को समझ सकते हैं किन्तु वे अपनी विद्वत्ता के अहंकार में चूर हैं या फिर एक-दूसरे की बुराई में ही अपना समय गंवा देते हैं। जो दूसरे की आलोचना या दोषान्वेषण में ही विद्वत्ता समझते हैं उन्हें कुछ बताने या सुनाने का कोई लाभ नहीं है।

संसार में दूसरे प्रकार के वे लोग हैं जो धनी हैं, परन्तु वे अपने धन के घमंड में मतवाले हैं, उन्हें लक्ष्मी का प्रमाद है। अतः ये लोग किसी विद्वान् की बातें नहीं सुनते; क्योंकि धनमद में इन्हें कुछ भी नहीं सूझता, अतः ऐसे लोगों से भी कुछ कहना-सुनना बेकार है।

अब बचे तीसरे प्रकार के लोग। ये नितांत मूर्ख एवं अज्ञानी हैं। जिन्हें अच्छे या बुरे की पहचान ही नहीं है। ऐसे लोगों के सामने कुछ सुविचारों का प्रकट करना भैंस के आगे बीन बजाने के समान हैं। इसीलिए हमारे मुख से निकलने वाले उत्तम वाक्य, विचार, निबन्ध और काव्य आदि संसार में लोगों के सामने न आकर शरीर (मन) में ही नष्ट हो जाते हैं। संसार उनसे लाभान्वित नहीं हो पाता। तात्पर्य यह कि जो निरभिमान होकर जिज्ञासु बनकर आपकी बात सुनना चाहे उसे ही अपना सदुपदेश करें। अन्यथा मौन रहना ही उत्तम है।

3
सांसारिक विषयों के पीछे दुख ही दुख है

सांसारिक कार्यों में थोड़ा भी सुख नहीं दिखाई देता है। जिसने तृष्णा एवं भय को भुलाकर लाभदायक पुण्यफल कमाया है या जिन्होंने विषयों के पार जाकर पुण्य-कर्म में ही विषयगत सुख पाया है, वे जानते हैं कि विषय सुख के मोह से ही व्यसन उपजते हैं और दुःख पहुंचाते हैं। यह जानने पर भी मनुष्य विषय सुख को नहीं छोड़ता, फलस्वरूप दुख भोगता है।

इस विषय के जितने भी कार्य-कलाप हैं चाहे पुत्र, पुत्री के लिए हों या स्त्री के लिए, सभी निरर्थक हैं, क्योंकि इनसे मनुष्य को सुख नहीं मिलता यह तो मृगतृष्णा की भांति भ्रम के पीछे दौड़ना है।

संसार में लोगों को माया-मोह की तृष्णा और समाज, कलत्र आदि के सांसारिक भय निरंतर दौड़ाते रहते हैं। बहुत-से लोग इसका भेद जानकर पुण्य-फल को प्राप्त भी कर लेते हैं; किन्तु दुनियादारी से मुक्त नहीं हो पाते।

बहुत-से महानुभव पुण्य-कर्म की महिमा जानते हैं और विषयों से पार भी जा चुके हैं, पुण्य-फल को विषय के समान भोगकर उन्होंने आनन्द भी उठाया है, फिर भी विषय-सुख की ओर लालायित रहते हैं और सांसारिक क्लेशों को भोगते हैं।

4

धन का लोभ दुःखों का मूल है

धन के लालच में इस जमीन को बहुत गहरे तक खोद डाला, पर्वतों की धातुओं को फूंक डाला, मोतियों की आकांक्षा से बड़ी-बड़ी नदियों और समुद्रों की थाह ले डाली। राजाओं को मनाने के लिए सभी प्रयत्न कर डाले। मंत्र-सिद्धि के लिए रात-रात-भर तत्परता से श्मशान में धूनी रमाई किन्तु खेद है कि इतनी परेशानियों के बाद भी एक फूटी कौड़ी न मिली, इसलिए हे तृष्णा (मोह), अब तू मेरा पिंड छोड़।

यह सुनकर कि जमीन के अंदर धन गड़ा होता है मैंने जमीन को खूब गहरे तक खोद डाला, पर कुछ भी हाथ न लगा। यह जानकर कि सिद्ध रसायनों से सोना-चांदी बनाया जा सकता है, अनेक दुर्लभ पर्वतीय धातुओं को भस्म कर डाला, पर रसायन न बना।

यह जानकर कि समुद्र रत्नों की खान है—उसमें मोतियों की खोज के लिए न जाने कितने सागरों को खोज डाला, पर हाथ कुछ भी नहीं आया। फिर यह जानकर कि राजा को प्रसन्न करके धन प्राप्त किया जा सकता है, उन्हें प्रसन्न करने के सारे उपाय कर डाले; पर धन न मिल सका।

अंत में मैंने मंत्र-सिद्धि करनी चाही अतः श्मशान में रात-रात-भर अकेले मुर्दों के बीच बैठकर मंत्र-साधना की, ताकि मंत्र-सिद्धि होने के बाद मनचाहा धन प्राप्त कर सकूं, पर इतनी कठिन क्रियाओं के बाद भी एक फूटी कौड़ी भी हाथ न लगी। इसलिए हे तृष्णे, तू अब मेरा पीछा छोड़ दे क्योंकि मैं निराश हो चुका हूं, मुझे अपने भाग्य पर संतोष करने दे।

5
तृष्णा के पीछे भागने से कोई लाभ नहीं

मैंने न जाने कितने दुर्गम एवं कठिन स्थानों का भ्रमण किया, परन्तु कुछ भी फल न मिला। मैंने जाति और वंश के स्वाभिमान को त्यागकर दूसरों की सेवा की, पर सब बेकार साबित हुआ। मैं अपने मान-सम्मान को छोड़-कर कौवे की भांति दूसरों के घरों के टुकड़े खाता फिरा, किन्तु कोई परि-णाम न निकला। हे पापों को कराने वाली कुमति दायिनी तृष्णे क्या अब भी तुझे संतुष्टि नहीं मिली!

धन-दौलत के लोभ में मैं अपना घर-बार छोड़कर अनेक दुर्गम एवं दुर्लध्य देश-प्रदेश में घूमता फिरा किन्तु वहां जाकर भी धन का एक कण भी नहीं मिला। इस लोभ के वशीभूत होकर मैं अपनी जाति एवं कुल के बड़प्पन एवं गौरव को त्यागकर भी दूसरों की सेवा करता, पर इससे भी मुझे जरा भी धन नहीं मिला।

इसके बाद भी मैं अपने मान-स्वाभिमान को दूर पटककर, तिरस्कृत होने पर भी बिना निमंत्रण के दूसरों के घर गया, कौवे की भांति दूसरों के घरों के टुकड़ों को खाता फिरा। सारे अपमान को मौन सहता रहा, पर लोभ से पीछा नहीं छूटा। इसलिए ऐ नीच, पतन की ओर खींचने वाली तृष्णे! क्या अब भी तेरा जी नहीं भरा है? क्या इतने पाप कराने के बाद भी तुझे संतोष नहीं मिला? अब तो मेरा पीछा छोड़ दे!

6

अब तक नाच्यो बहुतक बार

मैंने दुष्टों और शठों की आराधना एवं सेवा करते हुए उनकी व्यंग्यवाणी एवं हंसी सहन की, दुःख के कारण हृदय से निकले आंसुओं को रोककर, शून्य मन से फिर भी उनके सामने हंसता रहा। उन हंसने वालों के समक्ष चित्त को शांत रखते हुए, करबद्ध प्रार्थना की। हे आशा (लोभ)! तू मुझे कब तक इस प्रकार नचाती रहेगी?

मैंने नीच एवं दुष्ट पुरुषों की सेवा की। उनके द्वारा बताये गये हर गलत काम को किया, उनके उल्टे-सीधे कथनों को, हंसी-मजाक और दिल्लगी को सहा। उनकी हर जायज-नाजायज हरकतों को मुसकराकर सहता रहा। उनके द्वारा छोड़े गए उन व्यंग्य वाणों को भी सहा, जिनके प्रहारों से कलेजा छलनी होता जाता था, पर मैं इन सबको सहकर अपने आंखों के आंसू चुपचाप रोकता रहा। भीतर से मेरा दिल झुलस गया, मन फीका पड़ गया, फिर भी मैं अपने क्रोध को दबाकर, इच्छा न होने पर भी हंसा और उन उपहास करने वालों के आगे हाथ-पांव जोड़े। करबद्ध प्रार्थना करके उनके सम्मुख गिड़गिड़ाया, पर सिवा अपमान के कुछ भी नहीं मिला। इस कारण हे आशा, निष्फल दुराशा! तुझसे पूछना चाहता हूं कि इतने नाच नचाने के बाद भी अब और क्या चाहती है? तू मुझे अभी और अपमानित करना चाहती हो? मुझे नीचा दिखाने के लिए तेरे दिल में अभी और क्या बाकी है?

7
गया वक्त फिर हाथ आता नहीं

सूर्य के उदय और अस्त के साथ-साथ मनुष्य की जिन्दगी भी धीरे-धीरे घटती जाती है, किन्तु दुनियादारी के कार्यों में डूबे होने के कारण कभी इसका विचार ही नहीं आता है कि समय गुजरता जा रहा। लोगों को जन्म लेते, बूढ़े होते, विपत्ति-ग्रस्त होते और मरते हुए देखकर भी मन में भय नहीं होता। इस बात से ही पता चलता है कि मनुष्य मोह-माया की प्रसाद रूपी मदिरा के नशे में कितना मतवाला हो रहा है!

रोज सूर्य पूरब में उदय होता है और पश्चिम में अस्त होता है। समय के इस चक्र के साथ ही मनुष्य की उम्र क्षीण होती जाती है। और यह दुनिया भी अपने कार्य व्यापार में इतनी मस्त है, उसके जीवन की गति इतनी बढ़ चुकी है कि उसे गुजरते वक्त के साथ गुजरती उम्र भी नहीं दिखती।

मनुष्य अपने जीवन में नित्य प्रति देखता है, आज कहीं कोई मरा है और किसी के परिवार में कोई जन्मा है। कहीं खुशी मनाई जा रही है तो कहीं गमी है। लोगों के देखते-देखते ही ऐशो-आराम और जवानी भी खत्म होने लगती है। बड़े से बड़े धनपति के पास अथाह धन के रहते भी उन्हें विपत्तियों से छुटकारा नहीं मिल पाता। क्षण में राजा रंक और रंक राजा भी बन जाता है। यह देखते हुए भी उसके मन में भय और वैराग्य नहीं होता। इन सबको देखकर ही लगता है कि मनुष्य मोह-माया की मदिरा में कितना डूब चुका है। वह इस मदिरा में मतवाला होकर समस्त जीवन यूं ही बिता देता है और इन आशाओं से मुक्ति नहीं पाता। गया हुआ समय लौटकर नहीं आता है, इसलिए मनुष्य को चाहिए कि वह समय रहते मोह-माया से मुक्त हो जाय।

8

स्त्री के बंधन परे, टूटे मान-गुमान

दीनता से पीड़ित निर्बल स्त्री के जीर्ण-शीर्ण वस्त्रों को दीनातिदीन शिशु खींच रहे हैं और घर के अन्य सदस्य क्षोभ और क्षुधा से उसके आगे गिड़-गिड़ाते हैं जिससे वह स्त्री अत्यंत दुःखी है। यदि आज ऐसी दुखी स्त्री घर में न होती तो कौन धीर पुरुष किसी के सम्मुख अवरुद्ध कण्ठ से गिड़गिड़ाता कि 'कुछ दीजिए' और अपने पेट की ज्वाला शांत करने के लिए दीनता से निहारता?

जिसके घर में फटे-पुराने कपड़े धारण करने वाली दीन-दुखी स्त्री होती है, और ऐसे भूखे बच्चे रोते हैं जो भूख मिटाने के लिए बार-बार अपनी माता के वस्त्रों को खींचते रहते हैं, वही व्यक्ति घर के प्राणियों के दुख से दुखी होकर जीविका-निर्वाह के लिए दूसरों के आगे गिड़गिड़ाता है, उसे सदा यही भय लगा रहता है कि कहीं दाता उसकी प्रार्थना को ठुकरा न दे।

तात्पर्य यह है कि स्त्री ही सभी दुःखों और माया-मोह के बंधनों का मूल कारण है, स्त्री होती है तो बच्चे होते हैं और इस प्रकार माया-मोह का घेरा बढ़ता जाता है। स्त्री की दैन्यावस्था देखकर अच्छे-अच्छे धीर पुरुष भीख मांगने के लिए विवश हो जाते हैं।

दरिद्रता के कारण भूख से तड़पते परिवार को देखकर भीख मांगने की बात 'कुछ दीजिए' कण्ठ तक आती है, पर याचना ठुकरा दिये जाने के भय से वाणी कण्ठ में ही फंसकर रह जाती है। यदि दरिद्र के घर आज स्त्री और बच्चे न होते तो कोन पुरुष इस तरह दीनता से गिड़गिड़ाता और केवल अपने पेट की ज्वाला शांत करने हेतु पतन को प्राप्त होता?

9

हो गई जर्जर काया, जीवन मोह न छूटा

वृद्धावस्था के कारण भोग की इच्छा चुक गई है तथा मान भी घट गया है। कुछ समवयस्क तो स्वर्गवासी हो गए और जो घनिष्ठ मित्र शेष हैं वे भी मेरे समान आलसी हो गए हैं। अब बिना छड़ी के सहारे से उठा भी नहीं जाता तथा आंखों की दृष्टि समाप्तप्राय है। इतना सब होने पर भी मेरी यह काया कितनी बेशर्म है जो अपने मरने की बात सुनकर चौंक-चौंक उठती है।

हमारी युवावस्था समाप्त हो गई है। बुढ़ापे ने घेर लिया है। शरीर में पहले जैसी शक्ति और चंचलता नहीं रही। अंग-प्रत्यंग ढीले पड़ गये हैं। जो मान-सम्मान था वह भी खत्म हो गया है। लोगों के मन में मेरे प्रति वैसी श्रद्धा और सम्मान नहीं है जैसा पहले था, सभी बूढ़ा मानकर मेरी उपेक्षा करते हैं। हमारी ऐसी दयनीय दशा हो गई है।

हमारे कुछ समवयस्क साथी तो स्वर्गवासी हो चुके हैं। जो कुछ घनिष्ठ मित्र बचे हैं वे भी मेरी ही भांति वृद्धावस्था के दौर से गुजर रहे हैं। वे भी हम जैसे ही निकम्मे और अनुपयोगी हैं। शरीर इतना कमजोर हो गया है कि बिना छड़ी के सहारे उठा भी नहीं जाता है। आंखों में झांई पड़ गई है, कुछ दीखता-सूझता भी नहीं है। इतना सब होते हुए यह काया मृत्यु के नाम पर कांप उठती है। जीवन के प्रति मोह की यह अजीब हालत है। काया की इस बेशर्मी को मोह न कहें तो क्या कहें? यह मोह ही तो दुःखों की जड़ है।

10

कर सीमित इच्छाएं जो सुख का आधार

ईश्वर ने बिना हिंसा के तथा बिना परिश्रम के प्राप्त होने वाली वायु को सर्पों का भोजन बनाया तथा पशुओं को घास खाकर पृथ्वी पर ही सो जाने का स्वभाव दिया, किन्तु संसार को अपनी बुद्धि एवं शक्ति से वश में करने वाले मनुष्य की जीविका प्रभु ने ऐसी बनाई कि जिसकी खोज में वह निरंतर भटकता रहता है। सभी गुणों के समाप्त हो जाने तक भी वह अपनी आजीविका नहीं प्राप्त कर पाता।

सर्पों का जीवन कितना निश्चिंत है कि वे वायु का सेवन कर ही प्राण धारण किये हैं। ईश्वर ने सर्पों के लिए वायु का भोजन बनाया, जिसके लिए न तो उन्हें कोई हिंसा करनी पड़ती है और न ही कोई कठिन श्रम। इसी प्रकार परमात्मा ने पशुओं के लिए हरी घास चरने तथा जमीन पर सोने की सुविधा प्रदान की जिसके लिए उन्हें न तो हिंसा करनी पड़ती है और न ही कठिन परिश्रम। वे निश्चिंत जीवन जीते हैं।

लेकिन ईश्वर ने इसके विपरीत मनुष्य को बुद्धिमान् एवं चतुर बनाकर भी उसकी जीविका को कठिन बना दिया। मनुष्य अपनी बुद्धि एवं शक्ति से समस्त दुर्ल्लंध्य एवं दुर्गम विश्व को अपने वश में कर सकता है, किन्तु ईश्वर ने उसकी जीविका ऐसी बनाई है, जिसकी खोज में सारा संसार और सारी उम्र भी छोटे पड़ जाते हैं और उसे पाने के लिए अंत तक भटकता ही रहता है। इसका कारण हैं उसकी इच्छाएं। यदि मनुष्य के पास चिंता और लोभ न होता, विलास, इच्छाएं एवं लालसाएं न होतीं तो वह बुद्धि के जोर से मोक्ष पा सकता था। इसलिए मनुष्य को चाहिए कि यदि वह बुद्धि और चतुराई के कारण अन्य जीवों की अपेक्षा अधिक श्रेष्ठ है तो अपनी इच्छाओं को सीमित करे, क्योंकि सीमित इच्छाएं ही सुख का आधार हैं।

11

व्यर्थ गंवाया जन्म, माया मिली न राम

हमने संसार सागर से मुक्त होने के लिए न तो यथाविध ईश्वर के चरणों का ध्यान किया और न ही स्वर्ग के द्वारों को सरलता से खोलने वाले धर्म का संचय किया। हमने नारी के पुष्ट स्तनों के स्पर्श का सुख स्वप्न में भी नहीं लूटा। इसके विपरीत हमने तो कुठार बनकर मां के यौवनरूपी वन को काटा ही है।

मनुष्य-जीवन के तीन लक्ष्य आमतौर पर माने गये हैं, मोक्ष-प्राप्ति के लिए ईश्वराराधन, स्वर्ग-प्राप्ति के लिए धर्म-साधन और इस लोक का आनन्द लूटने के लिए आमोद-प्रमोदमय जीवन-यापन। किन्तु मूर्ख मनुष्य इनमें से एक भी मार्ग नहीं अपनाता, इधर-उधर भटकता हुआ अपना जीवन व्यर्थ नष्ट कर देता है। न तो वह संसार के बंधन काटने के लिए विधिपूर्वक भगवान् का भजन करता है, न ही स्वर्ग-प्राप्ति के लिए धर्म का आचरण करता है। और तो और, वह इस लोक के सुख भोग के लिए विलास-वासना को भी पूरी तरह नहीं अपना पाता। ऐसे व्यक्ति का इस पृथ्वी पर जन्म लेना ही व्यर्थ है। उसके कारण उसकी माता ने अपना यौवन भी व्यर्थ गंवाया। ऐसा निकम्मा व्यक्ति निश्चय ही अपनी माता के यौवन को काट डालने वाला कुल्हाड़ा ही है। अपने पुत्र को जन्म देने के लिए ही तो बेचारी ने अपना यौवन गंवाया। तात्पर्य यह कि अकर्मण्य पुरुष का जन्म लेना बेकार है। वह अपनी अकर्मण्यता के कारण न तो जीवन का सुख भोग पाता है, न इस लोक को सुखी बना पाता है, न ही परलोक सुधार पाता है। दुविधा में भटकता हुआ जन्म व्यर्थ गंवा देता है, उसे न तो माया ही मिल पाती है और न राम ही।

12

छोड़ सके न विषयरस, काया छोड़े साथ

विषयों को हमने नहीं भोगा, किन्तु विषयों ने हमें भोग डाला; हमने तप नहीं किया, बल्कि तप ने हमें तपा डाला। समय कभी नष्ट नहीं हुआ, बल्कि उसने हमें नष्ट कर डाला। लालसाओं का बुढ़ापा (अंत) कभी नहीं आया, बल्कि हमारा बुढ़ापा आ गया।

हमने विषय-भोगों के पीछे दौड़ते हुए तरह-तरह के भोग किए, पर इन भोगों का कभी भी अंत नहीं आया; बल्कि भोगों की इच्छा बढ़ती ही चली गई और आज हमारा अंत आ गया। हमें जो जप-तप करने थे, जो धर्म-पुण्य करने थे नहीं कर पाये। बल्कि इन सांसारिक तापों ने तपाकर हमें विषयों के साथ ही जला डाला।

आज-कल करते हुए इस काल का अंत नहीं आया बल्कि हमारे जीवन का अंत आ गया। यौवन चला गया और बुढ़ापा आ गया। मन की अटूट लालसाओं एवं वासनाओं का अंत नहीं आया, ये कभी नष्ट नहीं हो सकीं; बल्कि हमारा शरीर जीर्ण-शीर्ण हो चला। न यह तृष्णा कभी बूढ़ी हुई और न हमें संसार से विरक्ति हुई। अर्थात् हमने तो दुनिया नहीं छोड़ी, बल्कि दुनिया ने ही हमें चूसकर, बेकार बनाकर छोड़ दिया है।

धर्म-कर्म, तप-त्याग हम कुछ भी नहीं कर पाये। संसार के जाल में फंसकर शोक-संताप ही हमारे हाथ लगा। हम बूढ़े हो गये, पर हमारी लालसाएं बूढ़ी नहीं हुईं। हमारा अंत आ पहुंचा, पर विषय वासनाओं का अंत नहीं हुआ।

13
होके मजबूर क्या-क्या न किया

हमने क्षमा तो किया पर धर्मवश नहीं। घर के सुख-चैन तो छोड़े, पर संतोष-पूर्वक नहीं। हमने गरमी, सरदी और वायु के कष्ट तो सहे, पर तप के कारण नहीं, बल्कि दरिद्रतावश। ध्यान तो लगाया, पर यम-नियम सहित भगबान् शंकर के चरणों में नहीं, बल्कि लोभ में ध्यान लगा रहा। हमने कार्य तो सब ऋषियों-मुनियों-से किए; परन्तु उनकी तरह फल नहीं प्राप्त हुए।

हमने क्षमा-भाव तो धारण किया पर हमारी क्षमा समर्थ पुरुष की भांति दया-धर्म के कारण नहीं थी; बल्कि असमर्थता के कारण थी जैसे कोई विषहीन सर्प यदि न काटे तो उसकी मजबूरी है महान्ता नहीं।

इसी प्रकार हम सुस्वादु भोजन त्यागकर, ऐशो-आराम छोड़कर इधर-उधर भटके, पर भीतरी इच्छा से नहीं बल्कि मजबूरी के कारण। या तो हम रोगी थे, या वह सब हमें उपलब्ध नहीं था। अपनी दृढ़ इच्छा-शक्ति से हमने कुछ नहीं छोड़ा, विवशता थी हमसे छूट गया। हमने गरमी, सरदी और वायु के कष्ट इसलिए नहीं सहे कि हम प्रभु की तपस्या कर रहे थे; बल्कि धन के अभाव के कारण हम सुख के साधन नहीं जुटा पाये।

हमने सोते-जागते हर समय ध्यान तो लगाया पर भगवान् शंभु के चरण कमलों में नहीं, बल्कि अपने स्त्री-पुत्र, माता-पिता और धन-दौलत का ध्यान रखा, अपने सुख-ऐषणा का ध्यान लगाया। हमने ऋषियों-मुनियों की तरह संसार त्यागा और नाना प्रकार के दुःख और कष्ट उठाए, पर उनकी तरह ध्यान-मग्न नहीं रहे, बल्कि लोभ-मोह के पीछे भागते रहे। ऋषि-मुनि जिस तरह संसार से मुंह मोड़कर ईश्वर का ध्यान लगाते हैं हम वैसा नहीं कर सके। फलतः हम उन फलों से वंचित रहे, जिन्हें ये लोग प्राप्त कर लेते हैं। न आनन्द का फल मिला, न मोक्ष का फल।

14
तन बूढ़ा, पर तृष्णा बाढ़ी

चेहरा शिथिल एवं झुर्रीदार हो गया है, सिर के बाल पककर सफेद हो गये हैं। शरीर के समस्त अंग-प्रत्यंग ढीले पड़ गए हैं। पर यह तृष्णा (लालसा) और भी तरुण (बलवती) होती जाती है।

वृद्धावस्था आ गई है क्योंकि चेहरे की त्वचा सूखकर सिकुड़ गई है। चेहरे की चमक और रंग फीका पड़ चुका है। सिर के सारे बाल पककर सफेद हो गए हैं। कहीं से कोई भी यौवन के चिह्न शेष नहीं बचे हैं। इस शरीर के सभी अंग-प्रत्यंग बिल्कुल ढीले पड़ चुके हैं। कोई कार्य करने की सामर्थ्य नहीं रही, बुढ़ापा पूर्णरूप से आ चुका है। फिर भी इस बुढ़ापे में तृष्णा को तो जवानी चढ़ रही है अर्थात् लोभ-लालसा बलवती होती जा रही है।

15
पराधीन सपनेहु सुख नाहीं

आकाश के जिस खण्ड को ओढ़कर चंद्रमा रात बिताता है उसी को ओढ़कर सूर्य दिन बिताता है। अहो, दोनों की यह कैसी दुर्गति है?

आकाश के जिस अंश के साथ चन्द्रमा चलकर पूर्ण रात्रि बिताता है, सूर्य को भी आकाश के उसी हिस्से के साथ दिन में तपकर गुजरना पड़ता है। ये सूरज और चांद ज्योतिमान् में सबसे बड़े और श्रेष्ठ हैं फिर भी इन्हें रात-दिन विश्राम नहीं है। जब ऐसों की यह दुर्गति है तो हमारी-आपकी क्या गिनती? सभी पराधीनता से जकड़े हैं किसी को सुख नहीं, बस सभी भागते रहते हैं।

16

झूठा सुख विषयों का भाई, इन्हें छोड़ सुख पाओ

विषयों के पीछे हम कितना ही क्यों न भागें, पर वे एक दिन निश्चय ही हमारा साथ छोड़ देंगे। जब वियोग होना ही है, तब मनुष्य उन्हें स्वयं ही क्यों न छोड़ दे? इस विलगाव में क्या भेद है? अगर मानव उन्हें न छोड़ेगा तो ये स्वयं साथ छोड़ देंगे। परन्तु जब वे मनुष्य को स्वयं छोड़ेंगे; तब उसे बड़ा दुःख होगा। यदि मनुष्य स्वयं विषयों को छोड़ दे तो उसे अनन्त सुख एवं शांति प्राप्त होगी।

जिन विषयों के पीछे हम चिरकाल से उन्हें भोगते हुए भाग रहे हैं, जिनके लिए हम सब कुछ भूल चुके हैं वे निश्चय ही एक दिन हमारा साथ छोड़ देंगे, यदि इन्हें स्वयं ही छोड़ दिया जाए तो महासुख और शांति मिलेगी।

इस संसार में जो लोग अपनी इच्छाओं से ही विषयों का परित्याग कर देते हैं, उन्हें कुछ न मिलने पर कभी दुख नहीं महसूस होता है। जो लोग चतुर एवं बुद्धिमान् होते हैं वे जीवन की अंतिम यात्रा से पहले पिता-पुत्र और कलत्र का मोह त्याग देते हैं, ताकि मरते समय उन्हें विशेष कष्ट एवं दुख न हो। लेकिन जो लोग मोह के कारण विषयों से छुटकारा नहीं पाते, वे मृत्यु समय तक रोते रहते हैं, इसलिए सुख-शान्ति चाहने वाले मनुष्य को स्वयं ही विषयों से छुटकारा पा लेना चाहिए। जब यह ज्ञात है कि विषय-वासनाएं एवं सांसारिक माया सब झूठ है, तो छोड़ने में घबराहट क्यों? कई बार स्वयं न छोड़ने पर मनुष्य जिन विषयों को भोगता रहता है, उनका साथ छूट जाने पर दुखी होता है। इसी कारण विषय का भोग भी करें तो निर्विकार भाव से, ऐसी स्थिति में विषयों का साथ छूटने पर जरा भी दुख नहीं महसूस होता।

17

ज्ञान के उदय से ही तृष्णा का नाश होगा

ज्ञान के उदय होने से शांति की प्राप्ति होती है और शांति से तृष्णा का शमन होता है जबकि यही तृष्णा विषयों का साथ पाकर अत्यधिक बढ़ती है अर्थात् विषयों के साथ तृष्णा वैसे ही बढ़ती रहती है जैसे कि सुन्दरी के उरोजों के स्पर्श से काम मद बढ़ता है, घटता नहीं। मनुष्य की बात ही क्या···? जरा-जीर्ण हो जाने पर भी ऐश्वर्य को तो इन्द्र भी नहीं त्याग सकते।

जब मनुष्य के हृदय में ज्ञान का प्रकाश भर जाता है तो वह संसार के राग-द्वेष को ठीक से समझने लगता है। ज्ञान के उत्पन्न होने से स्वतः ही मन को शन्ति मिलती है और जब शान्ति आ जाती है तो तृष्णा का शमन अपने-आप हो जाता है। यदि तृष्णा से पीछा छुड़ाना है तो विषयों से मुंह मोड़ लेना चाहिए।

यह तृष्णा विषयों के साथ खूब फलती-फूलती है। जैसे किसी स्त्री के कठोर कुचों के स्पर्श से कामज्वर प्रबल होता है वैसे ही विषयों का चिन्तन करने से उनके प्रति तृष्णा बढ़ती ही जाती है। मनुष्य की तो बात ही क्या? इन्द्र लाखों वर्षों तक राजवैभव को भोगने के बाद भी जीर्ण-जीर्ण ऐश्वर्य एवं विलासिता को नहीं छोड़ पा रहा। न जाने कितने प्राचीन काल से चले आ रहे ऐश्वर्य में इन्द्र उलझा हुआ है। ऐश्वर्य जितना पुराना होता जाता है, उतना उसके प्रति मोह बढ़ता जाता है। यही हाल तृष्णा का है, यह जितनी पुरानी होती जाती है, उतनी ही बढ़ती जाती है। ज्ञान के सिवाय इससे छुटकारे का अन्य कोई उपाय नहीं है। ज्ञान के उदय से ही तृष्णा का अंत होगा।

18

पंथ-कुपंथ न सूझे, पड़े काम के फेर

दुबला-पतला कृश काय, कान एवं पूंछ से रहित लंगड़ा कुत्ता, जिसके जख्मों से सड़ी हुई पीब (मवाद) बह रही है और जिसके घावों में कीड़े कुलबुला रहे हैं, जो भूख से व्याकुल एवं बूढ़ा है, जिसके गले में हांडी (घड़े) के मुंह का घेरा पड़ा है, काम से सताया कुतिया के पीछे दौड़ रहा है। सच है, कामदेव मरे हुए को भी मारता है।

जिस कुत्ते की अति शोचनीय एवं दयनीय दशा है। जिसमें स्वस्थ जीवन के कोई भी लक्षण नहीं हैं। आंख-कान से हीन, पूंछ से लुंठित, धावों से पीड़ित है, फिर भी काम से सताया कुतिया के पीछे दौड़ रहा है। जब ऐसे कृशकाय जीव के यह हाल हैं तो मोटे-ताजे, मावा, मलाई खाने वाले अपनी काम वासना को कैसे रोक पावेंगे?

वासना को संयमित करने के लिए आवश्यक है कि अपनी इच्छाओं को सीमित करें और ऋषियों-मुनियों की भांति अपने शरीर को क्षीण करते हुए कठोर तप किया जाए, तभी यह इच्छाएं एवं वासनाएं मिट सकती हैं, अन्यथा कामदेव बड़ा प्रबल है जिसके प्रभाव के बारे में किसी को कोई ज्ञान नहीं रहता है। जो सच्चे ज्ञानी एवं संयमित योद्धा हैं वही कामदेव की मार से बच पाते हैं।

19

वैराग्य का बाना धरो न धरो, पर काम के बाण से बहुत डरो

वे मनुष्य जो भीख मांगकर दिन में एक बार रूखा-सूखा भोजन करते हैं, जमीन को शय्या मानकर उसी पर सोये रहते हैं, अपनी देह ही जिनका परिवार है, सैकड़ों थिगलियों वाला चीथड़ा (गुदड़ी) ही जो ओढ़ते हैं, आश्चर्य है कि ऐसे लोग भी विषयों का परित्याग नहीं कर पाते।

इस संसार में ऐसे भी मनुष्य हैं जो दिन-भर में भीख मांग केवल एक बार ही स्वादरहित नीरस भोजन ग्रहण करते हैं। जो इस धरती को ही शय्या मानकर सो जाते हैं। खुला आसमान ही जिनके लिए घर के समान है तथा अपनी देह तक ही जिनका चिंतन सीमित है अर्थात् जो अपने शरीर को ही समस्त कुटुंबी जन का प्रतीक मानकर प्रसन्न रहते हैं। जिनके पास ओढ़ने-बिछाने के लिए कपड़े-लत्ते नहीं हैं जो सैकड़ों टुकड़ों से जोड़कर बनाई गई गुदड़ी को ही अपना ओढ़ना-बिछौना मानते हैं; खेद है कि वासनाएं ऐसे लोगों को भी अपने पंजे में दबोचने से बाज नहीं आतीं। कामदेव के बाणों से वे भी बच नहीं पाते।

विश्वामित्र,पराशर जैसे ऋषि-मुनि जो केवल हवा-पानी का भक्षण कर जीवित रहते थे कामदेव के प्रभाव से बच नहीं सके तब साधारण पुरुष की तो बात ही क्या? कामदेव को काबू करना कठिन है, फिर भी कामदेव पर काबू पाना आवश्यक है। इसके लिए सुदृढ़ आत्मसंयम और सच्चा ज्ञान चाहिए।

20

नरक-कुंड तू केवल नारी

स्त्रियों के उरोज केवल मांसपिंड है पर कवियों ने उन्हें स्वर्णकलशों की संज्ञा दी है। इनका मुंह कफ़ का भंडार है; जबकि कवियों ने उसे चन्द्रमा के समान माना है। जिनकी जंघाओं को कवियों ने हाथी की सूंड़ के समान मांसल बताया है वे मात्र पेशाब आदि बहने के स्थान हैं। वस्तुतः स्त्रियों का समस्त रूप घृणास्पद है परन्तु कवियों ने कितना बढ़ा-चढ़ाकर वर्णन किया है।

स्त्रियों के उभरे उरोज, जिन पर विषयी मर मिटते हैं अपने-आप को भुलाकर मद में डूब जाते हैं, मात्र दो मांस-पिंड हैं जिनकी कवियों ने बहुत बड़ाई की है और इन कुचों को स्वर्ण कलश बताया है। कवियों ने स्त्री के मुख को चन्द्रमा के समान शोभायमान बताया है जो असलियत में थूक और बलगम (कफ) का भंडार मात्र है।

कवियों ने स्त्रियों की जांघों को गजराज की सूंड़ के समान मांसल या कदली वृक्ष की भांति बताया है। सच्चाई में यह पेशाब और मासिक स्राव से लिप्त गंदे स्थान हैं। वास्तव में स्त्रियों का यह रूप-सौंदर्य सर्वथा त्याज्य एवं घृणा तथा निंदा के योग्य है। इसमें ऐसी प्रशंसा की कोई बात नहीं है, जिस पर मनुष्य मर मिटता और मूर्ख बन जाता है।

21

ज्ञानवान मूरख बन जाए, माया-गति को ना जाने

अज्ञान के कारण पतंगा दीपक की लौ में आकर स्वयं को भस्म कर लेता है चूंकि वह उसके परिणाम को नहीं जानता। इसी तरह मछली भी कांटे में फंसे मांस के पास मुंह चलाकर अपने को फंसा लेती है और प्राणनाश के कारण को नहीं जानती। लेकिन हम लोग इसके परिणामों को जानते हुए भी विपद्मूलक विषयों की अभिलाषा को नहीं त्याग पाते। मोह-लोभ की कैसी आश्चर्यजनक महिमा है।

पतंगा दीपक की लौ से मोहित होता है, लौ की सुंदरता पर अपने प्राणों को न्यौछावर कर देता है क्योंकि वह उसके प्रेम में डूबा आलिंगन करने को आतुर होता है और जब वह लौ पर झपटता है तो अपने पंख और शरीर को जलाकर तड़पते हुए मृत्यु को प्राप्त हो जाता है। इसी प्रकार मछली भी अपने भोजन के लालच में कांटे को मुंह में दबोच लेती है क्योंकि उसे भी यह ज्ञात नहीं है कि वह तो धोखा मात्र ही है जिसके साथ कांटा छिदा है जो स्वयं को फंसा देगा और मृत्यु का कारण बनेगा। परन्तु मछली और पतंगा तो साधारण और विवेकहीन जीव हैं। मनुष्य इनसे कहीं श्रेष्ठ है।

सबसे बड़ा आश्चर्य तो मनुष्य की बुद्धि को देखकर होता है जो कि सारी बातों और परिणामों को खूब जानता है, वह खूब समझता है कि विषय और लालसाएं सुखदायक नहीं हैं फिर भी उन्हीं में भटककर फंस जाता है। सच ही यह मोह-माया बड़ी ही कठिन है इसे ज्ञानवान् ही समझ-कर त्याग सकता है।

22

रूखा-सूखा खाय के, ठंडा पानी पीव

भोजन के लिए प्रचुर मात्रा में फल हैं, और पीने के लिए सुस्वादु मधुर जल है। शयन के लिए भूमि और वस्त्रों के लिए वृक्षों की छाल है; फिर हम धन-मद आदि से मतवाले होकर, इन्द्रियों का संयम खोकर घूमने वाले दुष्टों की उल्टी-सीधी बातें क्यों सुनें?

ईश्वर ने जब हमारे खाने के लिए प्रचुर मात्रा में पृथ्वी पर फल ही फल पैदा कर दिए हैं, जिसके लिए किसी के आगे हाथ फैलाने की आवश्यकता नहीं है। इसी प्रकार प्यास बुझाने के लिए सर्वत्र सुस्वादु मीठा जल उपलब्ध है जिसे पीकर शांति प्राप्त की जा सकती है।

यही नहीं, बल्कि शयन के लिए खुले आसमान के नीचे सारी पृथ्वी पड़ी हुई है जहां कहीं बिना रोक-टोक आराम से सोया जा सकता है। और तो और, वस्त्रों की भी कोई कमी नहीं है, वृक्षों की छाल को पहनकर कपड़ों के अभाव को पूरा किया जा सकता है। तब धनमद से मतवाले, इधर-उधर घूमने वाले, इंद्रियों के दास दुष्ट पुरुषों की उल्टी-सीधी बातें हम क्यों सहें?

स्पष्ट है कि संतोष तभी आता है जब मन से आत्मसंयम किया जाये। यदि एक बार संतुष्टि मिल गई तब फिर किसी चीज के लिए किसी के आगे हाथ नहीं फैलाने पड़ेंगे। अच्छा तो यही है कि इच्छाओं का परित्याग कर दें। तृष्णा और विषयभोग के सुख की इच्छा के कारण ही मनुष्य दूसरों के आगे हाथ फैलाता है। धनमद से अंधे, इन्द्रिय-लोलुप लोगों की खुशामद करता है। सन्तोष से बढ़कर कोई धन और सुख का साधन नहीं है।

23

बड़े न बोलहिं बात बढ़, छोट फिरत इतरात

प्राचीन काल में कुछ ऐते विशाल हृदय लोग हुए जिन्होंने इस जगत् की रचना की, कुछ ऐसे भी हुए जिन्होंने जगत् को अपनी भुजाओं पर धारण किया। कुछ ऐसे भी महान् पुरुष हुए जिन्होंने अपने बाहुबल से पृथ्वी जीती और उसे तुच्छ समझकर दूसरों को दान दे दी। कुछ ऐसे भी हैं जो चौदहों भुवनों का पालन करते हैं। परन्तु कुछ लोग तो थोड़े-से गांवों के स्वामी होने पर ही घमंड के ज्वर से चूर-चूर हो जाते हैं। ऐसे पुरुषों के संबध में हम क्या कहें?

इस जगत् में ऐसे भी दरियादिल लोग हुए जिन्होंने संसार की रचना कर डाली पर उन्हें जरा भी अभिमान नहीं छू गया। यही नहीं, कुछ ऐसे भी महान् लोग हुए जिन्होंने अपनी भुजाओं पर पृथ्वी को धारण किया अर्थात् सभी को अपने हाथों से संतानवत् पाला तथा कुछ ऐसे भी हुए जिन्होंने अपनी भुजाओं के बल-प्रताप से इस धरती को जीत लिया और पुनः इसे क्षणिक एवं तुच्छ मानकर दान दे दिया, पर इन्हें कहीं भी जरा-सा भी घमंड नहीं हुआ।

इतना ही नहीं, कुछ ऐसे भी महान् लोग हुए जिन्होंने समस्त पृथ्वी ही नहीं बल्कि चौदहों भुवन को अपने आधिपत्य में रखा तथा उनका पालन भी किया, संतानवत् देख-रेख भी की; किन्तु उन्हें जरा भी घमंड नहीं छू गया। लेकिन आज कुछ ऐसे लोग भी हैं जो थोड़े-से गांवों के स्वामी बनकर या जरा-से क्षेत्र के अधिकारी बनकर घमंड के मद में डूबे और मतवाले हैं। सच है, दुष्ट पुरुष जल्दी ही घमंड करने लगता है। वास्तव में बड़ा व्यक्ति वही है जो बड़े-से-बड़ा काम करके भी उसे जताता नहीं, तनिक-सी बात पर घमंड छोटे लोगों का काम है।

24

तुम खुश अपने गेह में, हम खुश अपने गेह

अगर तुम भूपति (राजा) हो तो हम भी गुरु की सीखी विद्या के अभिमान से बड़े हैं। अगर तुम अपने धन-वैभव के लिए प्रसिद्ध हो तो कवियों ने हमारी विद्या का यश भी चारों तरफ फैला रखा है। हे दूसरों के मान को नष्ट करने वाले! मुझमें और तुझमें कोई अधिक अंतर नहीं है। यदि तुम मेरी ओर नहीं देखते तो मुझे भी तुम्हारी परवाह नहीं है।

सच में यदि तुम राजा हो और तुम्हें अपने धन-बल का अत्यधिक गर्व है तो मुझे भी अपने गुरु से प्राप्त विद्या पर कम गर्व नहीं है। बल्कि इस विद्या को हमने और भी अधिक बढ़ा लिया है। अगर तुम्हारे धन की विलासिता को दूर-दूर तक प्रसिद्धि मिल गई है तो बड़े-बड़े कवि-कोविदों ने हमारे गुणों एवं विद्या के यश को दूर-दूर तक फैला रखा है।

इसलिए दूसरों के मान को भंग करने वाले ऐ अभिमानी, मुझमें और तुझमें कोई विशेष फर्क नहीं है। यदि तुझे हमारी आवश्यकता नहीं है तो मुझे भी तेरी जरूरत नहीं है। यदि तू मेरा आदर नहीं कर सकता तब मैं तेरा क्यों करूं अर्थात् इस जगत् में सम्मान देने वाला ही सम्मान को प्राप्त करता है; सभी नहीं।

25
झूठा भ्रम अज्ञान की जड़ है रे इंसान

सैकड़ों राजा इस पृथ्वी को अपनी-अपनी कहकर चले गए, परन्तु यह किसी की न हुई। फिर ये राजा लोग इसके मालिक होने का घमंड क्यों करते हैं! कितने खेद की बात है कि छोटे-छोटे भूखंडों के स्वामी यह छोटे-छोटे-से राजा लोग अभिमान के मारे फूले नहीं समाते, उन्हें जिस बात का सबसे अधिक विषाद होना चाहिए; मूर्ख उस पर ही प्रसन्न होते हैं।

इस पृथ्वी पर एक से बढ़कर एक बड़े राजा हो गए हैं जिन्होंने इन्द्र तक को अपने इशारों पर नचाया है। जो यह भी मानते थे कि पृथ्यी पर उनसे बड़ा राजा एवं शक्तिशाली व्यक्ति दूसरा नहीं हैं। ऐसे अनेक राजा हुए हैं जिन्हें अपने बाहुबल पर घमंड था। और वीरभोग्या वसुंधरा को अपनी संपत्ति मानते थे किन्तु मरने पर यह किसी के साथ न गई।

सबसे अधिक दुःख की बात तो यह है कि आजकल छोटे-छोटे धनपति, भी जो छोटे-छोटे भूखंडों के स्वामी हैं अपने को पृथ्वी का स्वामी मानकर घमंड में चूर रहते हैं और आपस में लड़ते-मरते रहते हैं। अज्ञान में फंसे हुए ये धनपति मोह और लालसाओं की खातिर न जाने कितना अन्याय करते हैं; ऐसी स्थिति में भी बजाय दुःखी होने के यह खुश होते हैं। उन्हें अपनी जड़ता पर दुःख नहीं, बल्कि घमंड होता है। सच में अज्ञान की पहचान करने में ही मानव की भलाई है।

26
ईश्वर के सिवाय किसी से कुछ न मांगो

वस्तुतः यह पृथ्वी एक मिट्टी का लोंदा मात्र है जो चारों ओर से पानी के घेरे से घिरा है। इस पृथ्वी के अनेक टूटे-फूटे, छोटे-छोटे खंडों पर हजारों राजाओं ने आपस में युद्ध करके अपने-अपने हिस्से पर अधिकार जमा रखा है। इन क्षुद्र एवं संकीर्ण हृदय राजाओं को जो लोग दानी और महान् समझकर उनके मुंह की ओर ताकते हैं तथा उनसे कुछ पाने की आशा रखते हैं ऐसे नीचे (भिखमंगे) लोगों को धिक्कार है! इन तुच्छ और घमंडी लोगों से धन पाने की आशा करना व्यर्थ है।

वास्तव में यह पृथ्वी कोई विशेष चीज नहीं है बल्कि सच तो यह है कि एक मिट्टी का गोला (लोंदा) मात्र है। इसके आसपास विशाल सागर का घेरा पड़ा है और उसपर अनेक राजाओं ने आपस में युद्ध करके अनेक भूखंडों पर अपना-अपना कब्जा जमा रखा है। इस छोटी-सी धरती के अनगिन टुकड़े हो गए हैं। इन टुकड़ों के स्वामी राजा लोग खुद को बहुत बड़ा दानी एवं बड़ा आदमी समझते हैं। ऐसे घमंडी लोगों से जो कुछ पाने की आशा करते हैं निश्चय ही उन्हें धिक्कार है।

यदि सच्चाई देखा जाए तो ये राजा लोग खुद ही दरिद्र एवं क्षुद्र हैं तभी तो आपस में एक-दूसरे से संघर्ष करते रहते हैं। तब भला ऐसे अभिमानी लोगों से क्या कुछ मांगना? यदि कुछ माँगना ही है तो सर्वशक्तिमान् ईश्वर से ही क्यों न मांगना चाहिए जो सबकी इच्छा पूर्ण करने की शक्ति रखता है। क्षुद्र धनिकों की याचना में समय गंवाना सबसे बड़ी मूर्खता है।

27

राजदरबार तो चाटुकारों का जमावड़ा है

मैं न तो कोई नट हूं और न ही बाजीगर, न ही मैं नाचने-गानेवाला हूं। न ही मुझे दूसरों की बुराई करने की विद्या आती है, न ही दूसरों की बर्बादी पर हंसी उड़ानी आती है। मैं कोई कुचभार से झुकी सुन्दरी स्त्री भी नहीं हूं। फिर भला राजाओं के यहां हमारी पूछ क्यों होगी?

राजाओं-महाराजाओं के दरबार में प्रायः उन्हीं लोगों की पूछ होती है जो नट या बाजीगर होते हैं और राजाओं को अपनी कलाबाजियों से प्रसन्न करते हैं। हमें तो दूसरों की बुराई करने की विद्या, चुगलखोरी भी नहीं आती और न ही दूसरों से द्रोह करने की बुद्धि रखता हूं। फिर भला राजाओं को मेरी क्या जरूरत?

मैं यौवनसम्पन्न सुन्दरी भी तो नहीं हूं, जबकि राजदरबारों में प्रायः सुन्दर एवं रूपवती कामिनियों की अधिक पूछ होती है। हमें तो उपर्युक्त सभी बातों में कोई भी नहीं आती तब भला राजदरबार में मेरी पहुंच क्यों कर हो सकती है? यहां तो उन्हीं की पूछ होती है जो विषय-वासना में लिप्त राजाओं को हर तरह से सदा प्रसन्न बनाए रखने की चेष्टा करें।

28

विद्या का आदर घटा, हुआ जगत मतिहीन

प्राचीन काल में विद्या केवल उन लोगों के लिए थी, जो मानसिक क्लेशों से मुक्त होकर चित्त की शांति चाहते थे। कुछ समय बाद यह विद्या विषय-सुख चाहने वालों के उपयोग की चीज हुई, किन्तु आजकल तो ये राजा लोग विद्याविमुख होकर शास्त्रों की चर्चा भी नहीं सुनना चाहते। इसी कारण तो यह पृथ्वी दिन-पर-दिन अधोगति को प्राप्त हो रही है जो सबसे अधिक खेद और कष्ट की बात है।

पुराने जमाने में विद्या अशांत चित्त लोगों के क्लेशों को दूरकर शांति प्रदान करती थी, लोगों की मनोवेदना को दूरकर उनके मानसिक शोक-ताप को मिटाकर, ज्ञान प्रदान कर शांत करती थी।

धीरे-धीरे समय गुजरने के साथ यह विद्या विषय-सुख भोगने का जरिया बन गई। लोगों ने अपनी विद्या के द्वारा धनिकों और राजाओं को खुश करके उन्हें शास्त्रों आदि के उपदेश देकर स्वयं धन प्राप्त कर विषय सुख भोगना शुरू कर दिया।

बात यहीं तक होती तो भी गनीमत थी। आजकल के राजा लोग तो विद्या और विद्वानों की ओर नजर उठाकर भी नहीं देखते, धर्मशास्त्र के उपदेश भी नहीं सुनते बल्कि इनकी तरफ से मुंह मोड़ कर विषय-वासनाओं में डूब चुके हैं। विद्या की सही कद्र न होने के कारण ही तो यह धरती, यह समाज निरन्तर अधोगति को प्राप्त होता जा रहा है। सच में यह बड़े दुःख की बात है। विद्याहीन राज-समाज तो मानवीयता के लिए कलंक ही समझिए।

29

झूठा गर्व न कीजिए, लेय बड़न सों सीख

प्राचीन काल में ऐसे भी मनुष्य हुए हैं, जिनके कपालों (खोपडी) की माला बनाकर स्वयं शिवजी ने अपना शृंगार किया था; किन्तु आज ऐसे भी लोग हैं जो अपने जीवनयापन हेतु दूसरों का नमन करने वालों से आदर पाकर अभिमान के मद में चूर हो रहे हैं।

हमारे देश में बहुत समय पहले ऐसे भी लोग हुए हैं जिनकी खोपड़ियों को भगवान् शिव ने इतना महत्त्व दिया कि उन्हें माला बनाकर अपने गले में शृंगार बनाकर धारण किया था। अर्थात् वे भगवान् शंकर के गले का शृंगार सहर्ष ही बन गये।न तो भगवान् शिव को अभिमान हुआ और न ही अपने कपालों को देने वाले त्यागी पुरुषों को ही घमंड हुआ; बल्कि उन्होंने विनम्रतापूर्वक अपना सब कुछ अर्पण कर दिया।

लेकिन आजकल ऐसे भी लोग हैं जो अपनी चाटुकारिता करने वालों की विनतियों पर ही घमंड कर रहे हैं। उन्हें मालूम होना चाहिए कि ये लोग उनकी प्रार्थना केवल इसलिए कर रहे हैं कि उन्हें कुछ धन-दौलत या भिक्षा जीवन-यापन हेतु मिल जाए। घमंडी लोग इस झूठे सम्मान पर ही अकड़ते हुए अभिमान के नशे में चूर हो रहे हैं। जबकि जीवन का मूल अभिमान नहीं, विनम्रता है। मनुष्य को चाहिए कि वह झूठे गर्व से बचे और बड़ लोगों से विनम्रता की शिक्षा ग्रहण करे।

30

यदि तुम धनमद के मते, तो मैं ज्ञान प्रवीण

यदि तुम अर्थ (धन) के स्वामी हो, तो हम वाणी के स्वामी हैं। यदि तुम युद्धवीर हो तो हम अपने विरोधियों का शास्त्रार्थ से मद चूर करने में कुशल हैं। यदि तुम्हारी सेवा धन की इच्छा रखने वाले करते हैं तो हमारी सेवा अज्ञान मिटाने वाले, शास्त्र-वचन सुनने हेतु करते हैं। यदि तुम्हें मेरी तनिक भी आवश्यकता नहीं तो मुझे भी तुम्हारी आवश्यकता नहीं। हे राजन्, मैं भी चलता हूं।

हे अभिमानी राजन्, यदि तुम अथाह धन-दौलत के स्वामी हो, तो मैं भी उस अमृतवाणी का स्वामी हूं जिसके आगे धन-दौलत सब कुछ तुच्छ है और जिसको सुनकर लोगों के चित्त को शांति मिलती है।

यही नहीं, राजन्, यदि तुम शूर-वीर हो और योद्धाओं का मानमर्दन करने में निपुण हो तो मैं भी किसी से कम नहीं। मैं भी अपने प्रतिपक्षियों को शास्त्रार्थ में धूल चटाने में समर्थ हूं। मैंने अपने तर्कों से शास्त्रार्थ के समय उनके अभिमान के मद को सरलता से नष्ट कर दिया है।

यदि तुम्हारी सेवा धन के लोलुप करते हैं, यदि तुम्हें कुछ चाटुकार लोग प्रसन्न करके अपना काम बनाना चाहते हैं और तुम उनसे ही प्रसन्न हो तो सुन लो, हमारी सेवा वे लोग करते हैं जो अपने अज्ञान को नाश करके ज्ञान का प्रकाश चाहते हैं। वे लोग शास्त्र के वचनों को सुनने हेतु मेरी सेवा में हाजिर होते हैं। इसलिए हे अभिमानी राजा! यदि तुझे मेरी कोई फिक्र नहीं है, यदि तू मेरी आवश्यकता नहीं समझता तो मैं भी तेरी कोई जरूरत नहीं समझता हूं। मैं तेरे इस राज्य को छोड़कर जा रहा हूं। जो दूसरों का सम्मान करते हैं वही सम्मान भी पाते हैं।

31

अल्प ज्ञान पर गर्व न कीजै, ज्ञान अगम भंडार

जब मैंने अल्प ज्ञान ही प्राप्त किया था, तब मैं उसे ही बहुत मानकर हाथी के समान मदान्ध होकर झूम रहा था। मैं स्वयं को सर्वज्ञ मानने लगा था। किंतु जब मुझे बुद्धिमानों की सत्संगति करने का अवसर मिला तो मैंने जाना कि मैं तो कुछ भी नहीं जानता हूं। मेरा झूठा मद का ज्वर धीरे-धीरे उतर गया।

जो लोग बहुत थोड़ा ज्ञान रखते हैं वे प्रायः अपने इस अल्पज्ञान को ही सब कुछ मानकर हाथी के समान मद से चूर रहते हैं। वे समझते हैं कि दुनिया की सारी अक्ल उन्हीं के पास है। इन्हें अपनी अल्पज्ञता पर ही बहुत अभिमान रहता है और घमंड में सब कुछ भूले रहते हैं।

जो लोग किसी प्रकार ज्ञान प्राप्त कर लेते हैं और स्वयं को ही सर्वज्ञ मानने लगते हैं वे अपने आगे दूसरों को मूर्ख समझते हैं किन्तु यही लोग जब अवसर मिलने पर बुद्धिमान् और विद्वान् लोगों की संगति में आते हैं तब उनकी आंखें खुलती हैं और गर्व के बादल छंटते हैं। तब उन्हें पता चलता है कि हम तो कुछ भी नहीं जानते हैं अर्थात् मेरा ज्ञान तो इन लोगों के ज्ञान के सम्मुख न के समान ही है। वास्तव में विद्या पर अभिमान नहीं करना चाहिए, क्योंकि यह अथाह अगम सागर है। विद्या का क्षेत्र बहुत विस्तृत है, उसको कोई सीमा नहीं।

32

बीती उमर, विषय संग भागे, देख बुढ़ापा नयना जागे

आभूषणों से सजी हुई कामिनी को भोगने की अवस्था चली गई और हम चिरकाल तक विषय-भोगों के पीछे दौड़ते हुए थककर चूर हो गये। अब हम पवित्र गंगा के तट पर यौवन से ललचाने वाली स्त्रियों की निन्दा करते हुए शिव स्त्रोत का जाप करते हैं।

आदमी अपनी जवानी के दिनों में आभूषणों से सजी चंचल स्त्री के पीछे-पीछे भागता रहा, जबकि अब उस स्त्री की आयु भी पूर्ण हो गई और वह भी स्वयं बूढ़ा हो गया। आज उसे वास्तविकता भी ज्ञात हो गई है कि न तो उम्र लौटेगी और न यह बुढ़ापा साथ छोड़ेगा।

चूंकि बुढ़ापा के चंगुल में फंस गये हैं अतः इस उम्र में इन्द्रियों की असमर्थता के कारण विलास करना भी संभव नहीं जबकि मन अभी विषयों से छुटकारा नहीं पा सका। परन्तु समाज को दिखाने के लिए स्त्री से विरक्ति अति आवश्यक है, अतः अब तो मैं पवित्र गंगा के किनारे बैठकर संसार के बंधनों से छुटकारा पाने के लिए शिव का जाप करूंगा।

33

घटे मान-सम्मान जब, तज दे तब संसार

लागों के बीच में जब मान-सम्मान न रह जावे, अपना सारा धन नष्ट हो जाए और द्वार से याचक लौटकर जाने लगे, भाई-बन्धु, पुत्र एवं स्त्री तथा अन्य सभी परिजन भी स्वर्ग सिधार जाएं धीरे-धीरे यौवन भी लुप्त हो जाये, तब बुद्धिमान् व्यक्ति को चाहिए कि वह किसी ऐसे पर्वत की गुफा के कोने में चला जाय जिसके पत्थर पवित्र गंगाजल से शुद्ध हो रहे हों।

संसार में जब लोगों के बीच अपना मान-सम्मान शेष न रहे, लोग सम्मान की जगह घृणा एवं उपेक्षा की नजरों से देखने लगें, जब धन-दौलत नष्ट हो जाए, तथा याचक भी द्वार से खाली हाथ लौटकर जाने लगे तो समझना चाहिए कि यह माया का संसार त्यागने का समय आ गया है।

बुद्धिमान् व्यक्ति को जब यह महसूस हो कि उसके भाई-बंधु, पत्नी-पुत्र एवं रिश्तेदार भी उसके अपने नहीं रहे या वे लोग बिछुड़ चुके हैं तो उसे तुरन्त मोह त्याग देना चाहिए और दूर पहाड़ की किसी ऐसी एकांत गुफा के कोने में राम भजन के लिए जा बैठना चाहिए, जिसके पत्थरों को पावन गंगाजल पवित्र बना रहा हो। ऐसी हालत में संसार का त्याग ही सर्वोत्तम है। कोई भी समझदार व्यक्ति झूठी आशा-तृष्णा को त्यागकर ईश्वर की ओर मन लगाएगा।

34
मन तृष्णा को त्याग दे, चितामणि सब ठौर

हे कलंकी मन! तू दूसरों की सेवा में क्यों लगा रहता है, इस हृदय को क्लेशों में फंसाने से तुझे क्या मिलता है? यदि तू विषयो की तृष्णा को त्याग कर अपने-आप में संतुष्ट रहे, तो स्वयं चिंतामणिस्वरूप हो जायेगा। मुक्ति का दृढ़ निश्चय करने के बाद भला तेरे लिए कौन-सी इच्छा है जो पूरी न हो!

यह पापी मन ही सभी प्रकार के कामों की जड़ होता है। मनुष्य की पांचों इन्द्रियां मन के अधीन एवं अनुगामिनी होती हैं। मन ही माया से अलिप्त और मुक्त होकर, बंधन और मुक्ति के पथ प्रशस्त कर सकता है। यह सुखों-दुःखों और पुण्य एवं पापों की जड़ तथा मनुष्य को सर्वत्र नचाने वाला है। पता नहीं इसे हृदय को भी क्लेश में डालने से क्या मिलता है और चित्त में वासनाएं उत्पन्न कर पता नहीं क्या सुख पाता है?

अज्ञान के कारण ही मन भटकता है। सब प्रकार के सुख पाने के लिए ही वह नीच लोगों तक की खुशामद करता है। मन स्वयं ही दुःख के भार से दबा हुआ है। अपनी इच्छाओं का दास होने के कारण ही कष्ट और अपमान सहता है। यदि इच्छाओं का परित्याग कर दे तो स्वयं शांति और परमानन्द की प्राप्ति कर लेगा। जब मन चिंतामणि की भांति स्वच्छ हो जाएगा, स्वयं प्रकाशमान हो जायेगा, अपने स्वरूप को पहचानने लगेगा, आत्म-साक्षात्कार कर लेगा तो विश्व के समस्त सुख और निधियां स्वयं ही प्राप्त हो जाएंगी।

35

जीवन का हर क्षण भयपूरित, सबसे है वैराग भला

विषय-भोग करने से विभिन्न रोगों के हो जाने का डर है, उच्च कुल में सदा पतित होने का भय है और अधिक धन होने से राजा का भय है। मौन रहने में दीनता का भय है और शक्ति होने पर शत्रु से भय है। सुन्दरता में बुढ़ापे फा भय है, शास्त्रों के वाद-विवाद में प्रतिपक्षियों का भय है, गुणों में दुष्टों का भय है तथा शरीर को मौत का भय है, संसार की बनी सभी चीजों में मनुष्य का भय है। हां, केवल वैराग्य में ही किसी प्रकार का भय नहीं है।

यदि मनुष्य संसार में जन्म लेकर विषय भोगों में अधिक लिप्त रहता है, बहुस्त्री गमन करता है तो जननेन्द्रिय-संबंधी अनेक रोगों के होने का भय लगा रहता है। यदि मनुष्य किसी उच्चकुल में जन्म लेता है तो उसे भय रहता है कि कुल में दाग न लग जाए या कोई कुलकलंकी न पैदा हो जाए। जब व्यक्ति के पास अधिक धन होता है तो राजा का डर रहता है कि कहीं छीन न ले, कर न बांध दे या फिर कोई चोर इसे न ले जाए।

यदि व्यक्ति मौन रहे तो भय रहता है कि लोग दीन-हीन न समझ बैठें, यदि देह में बल अधिक होता हैं तो भय बना रहता है कि शत्रु नष्ट करने की न सोचे और रूप सौंदर्य होने पर बुढ़ापा आने का डर रहता है क्योंकि सौंदर्य क्षीण हो जाएगा।

यदि आप शास्त्र में निपुण हैं तो भय रहता है कहीं शास्त्रार्थ में प्रतिपक्षी के हाथों पराजित न होना पड़े। दुष्ट लोग तो अच्छे गुणों या कामों में भी दोष खोज लेते हैं अत: गुण होने के बाद भी डर बना रहता है और शरीर होने पर मृत्यु का भय रहता है कि पता नहीं कब मृत्यु आ जाए।

यदि देखा जाए तो संसार में पग-पग पर भय ही समाया है, जीवन का कोई भी अंश भयरहित नहीं है। वैराग्य ही एकमात्र ऐसा क्षेत्र या स्थिति है, जिसमें किसी प्रकार का भय नहीं है। अतः सुख-शान्ति चाहने वाले व्यक्ति को विरक्त भाव से ही इस संसार में रहना चाहिए।

36

क्षणभंगुर जीवन की खातिर करता क्यो अपकर्म

कमल के पत्ते पर ठहरी हुई चंचल जल की बूंदों के समान क्षणभंगुर प्राणों के हेतु, भले और बुरे का विवेक त्याग कर न जाने क्या-क्या कर्म किए। यही नहीं, हमने धन के मद से चूर लोगों के सामने लोक-लाज को त्यागकर बेशर्म बनकर अपने ही गुणों का वर्णन करने का घोर अपकर्म तक किया, हमने कौन-सा पाप न किया!

मनुष्य का यह जीवन नितांत क्षणभंगुर है। यह क्षणिकता उसी तरह है जिस तरह कमल के पत्ते पर पड़ी बूंद। वह देखने में तो सुंदर जान पड़ती है, पर पता नहीं कब हवा के झोंके से लुढ़क जाए। क्षणभंगुर शरीर के सजाने के लिए हमने भले और बुरे का कोई भी ध्यान नहीं रखा और ज्ञान एवं विवेक को भुलाकर न जाने क्या-क्या कार्य किये? जो कार्य नहीं भी करने चाहिए थे वे भी किए।

हमने इस क्षणिक जीवन के लिए अनेक प्रकार के महापाप किए। अपने धन के मद में चूर लोगों के सामने हमने मान-सम्मान और धन पाने की इच्छा से अपने मुंह अपनी प्रशंसा करने का पाप भी किया, लेकिन उन्होंने न तो मेरी ओर आंख उठाकर ही देखा और न ही मेरी बातों की ओर कोई ध्यान ही दिया।

प्रथम तो संसार में अपनी बड़ाई करना ही महापाप और घमंड का दिखाना है उस पर कुपात्रों के सम्मुख यह अपकर्म करना तो और भी पातकपूर्ण हुआ, परन्तु इसी क्षणभंगुर जीवन के लिए आदमी क्या नहीं करता। यदि वह जरा-सा त्याग अपना ले तो शायद यह स्थिति कभी भी न आए।

37

काल की गति जान न जाई, भूपति संपति सबै नसाई

हे भाई, यह कितने दुख की बात है कि बहुत समय पहले यहां कितना अच्छा राजा राज करता था। उस चक्रवर्ती सम्राट् की सेना कैसी थी तथा उसके राजकुमारों का दल कितना अच्छा था। उसके यहां कैसी-कैसी चन्द्रमुखी स्त्रियां थीं। उसके राजदरबार में कितने अच्छे-अच्छे चारण, भाट तथा कहानी कहने वाले थे। ये सब जिस काल के ग्रास बन गए मैं उसी काल को सिर झुकाकर प्रणाम करता हूं।

संसार में सब कुछ क्षणिक है, कोई भी यहां अमर नहीं है, सभी को एक दिन यहां से कूच करना पड़ता है। आज जिनके भग्नावशेष यहां विद्यमान हैं उन्हें देखकर कितना कष्ट होता है। इस भूमि पर कितने ही महान् एवं चक्रवर्ती सम्राट् हुए जिनके यहां विशाल सेना थी, बड़े-बड़े वीर एवं सामंत थे, राजमहलों में अनेक वीर साहसी राजकुमार थे।

रनिवास में सुन्दर-सुन्दर चन्द्रमा के समान शोभा पाने वाली रानियां थीं जिनके मुख के सामने चन्द्र भी फीका था, राजसभा में ऊंचे विद्वान्, गायक, विरदगायक तथा कथाओं और शास्त्रों को सुनाने वाले बुद्धिमान्, विदूषक, मंत्री एवं सचिव थे; परन्तु काल ने, इन सबको अपना आहार बना डाला। प्रबल काल के सामने कोई भी शेष न बचा। जिस शक्तिमान् काल ने सबको निगल लिया, उस प्रबल काल को मैं बार-बार नमस्कार करता हूं। क्योंकि काल ही तो सत्य है बाकी सब मिथ्या एवं भ्रम है।

38

तात-सखा सब स्वर्ग सिधारे, जीवन नौका लगी किनारे

जिन्होंने हमें इस जगत् में जन्म दिया था उन्हें इस दुनिया से गए बहुत दिन हो गए हैं। जिनके साथ हम बड़े हुए और दुनिया भोगी वे भी इसे छोड़कर चले गए और अब हमारे भी दिवस, मास और वर्ष करते हुए सारे वर्ष निकलते जा रहे हैं। अब तो हमारी दशा भी नदी के किनारे खड़े रेतीले भूभाग के वृक्षों के समान हो रही है जिनकी जड़ें धीरे-धीरे बालू छोड़ती जा रही हैं और वे किसी भी क्षण गिर सकते हैं।

जिन माता-पिता से हमने इस दुनिया में जन्म पाया, वे भी समय के साथ अपनी उम्र पूर्ण करते हुए इस संसार को छोड़ गए। जिन साथियों के साथ खेलकर हम बड़े हुए, इस संसार में विषयों का आनन्द उठाया, वे भी एक-एक कर हमारा साथ छोड़ गए और काल के गाल में समा गए।

अब तो हमारे भी जीवन के दिन मास और वर्ष के रूप में खिसकते जा रहे हैं अर्थात् उम्र घटती जा रही है। अब तो हमारी दशा किसी रेतीली नदी के किनारे के पेड़ की तरह हो गई है। वह किसी भी समय गिर सकता है। क्योंकि एक तो किनारे से लटकता वृक्ष और उस पर खुली जड़ें तथा बालू की ढीली पकड़। पता नहीं कब उखड़कर जा पड़े। फिर भी आश्चर्य की बात है कि मन माया-मोह को छोड़कर सांसारिक जालों से मुक्त नहीं होना चाहता जब कि उसे तुरन्त ही मोह त्याग कर ज्ञान के पथ पर चल-कर मुक्ति प्राप्त करनी चाहिए।

39

काल के गाल समाय रहयो, तब चेतन क्यों न अचेतअजौं

जिस घर में पहले अनेक लोग वास करते थे आज वहां केवल एक व्यक्ति रह गया है और जिस घर में अकेला व्यक्ति था वहां अनेक हो गए; और फिर ऐसा समय आया कि अंत में कोई भी न रहा। इससे पता चलता है कि काल देवता, अपनी पत्नी काली के साथ, संसार रूपी चौपड़ पर, दिवस और रात्रि रूपी पासों को फेंककर इस जगत् के प्राणियों को गोटी बना-बनाकर खेल रहा है।

यह कितने आश्चर्य की बात है जिस परिवार में कभी पति, पत्नी, पुत्र व वधू, पोते और नाती थे, अब उस परिवार में शेष एक व्यक्ति ही दिखाई पड़ता है। और जिस व्यक्ति के घर में कोई नहीं था, उसका कुटुंब इतना बढ़ गया है कि देखते ही देखते उसके घर में सैकड़ों प्राणी हो गए। परन्तु आज उनमें एक भी ऐसा नहीं बचा जो उसके परिवार का नाम भी ले सके।

यह सारी बातें देखकर, हे भाई, मुझे तो ऐसा लगता है कि साक्षात् काल ही अपनी पत्नी काली के साथ रात-दिन इस संसार रूपी चौपड़ पर खेलता रहता है। इस संसार रूपी चौपड़ में वह दिन और रात रूपी पासों को लुढ़काकर लोगों को गोटी बनाकर खेलता रहता है। इस प्रकार हम देखते हैं कि सर्वत्र काल का ही राज्य व्याप्त है जिसके ग्रास से कोई बच नहीं सकता है। एक दिन सभी को इस संसार से विदा होना है तब क्यों न अभी से ही मोह-लोभ को छोड़कर ज्ञान प्राप्त किया जाए और अपना पर-लोक, सुधारा जाए। जब काल ही प्रबल है तो मनुष्य को अपना मिथ्या गर्व भुलाकर सांसारिक मोह-माया छोड़कर होश में आ जाना चाहिए।

40

क्षणभंगुर जीवन की कलिका भज ले तू हरिनाम

मेरी समझ में यह नहीं आता कि इस छोटे-से जीवन काल में क्या-क्या करूं, यही कि गंगा के पावन तट पर रहकर तपस्या करूं या फिर गुणवती सुन्दर स्त्रियों के साथ प्रेमालाप करूं या फिर विनम्रतापूर्वक शास्त्रों तथा अन्य ग्रन्थों के ज्ञानामृत का पान करूं? मुझे कुछ भी समझ में नहीं आया कि मैं इस निमिष मात्र के जीवन में क्या-क्या करूं।

यह बिल्कुल सत्य है कि यह मानव-जीवन क्षणभंगुर है और जिन्दगी की लालसा को देखते यहां काम अनेक पड़े हुए हैं। पर समय इतना कम है कि ये सारे काम हो भी नहीं सकते।

मुझे कुछ भी समझ नहीं आता कि इस अल्प जीवन में गंगातट पर बैठकर शिव का जाप करते हुए कठिन तप करूं और परलोक सुधारूं अथवा गुणवती सुन्दरी स्त्रियों के साथ रहकर भी मीठी बात करूं या फिर विनम्रतापूर्वक वेदान्त शास्व तथा अन्य ग्रन्थों का काव्य रस पिऊंया उनके उपदेशामृत का पान करूं और ज्ञान प्राप्त करूं?

मैं दिग्भ्रमित हो गया हूं और कुछ भी नहीं समझ पा रहा हूं कि क्या करूं। क्योंकि यह मनुष्य जीवन अत्यल्प है और काम अनेक। असल में ज्ञान को प्राप्त कर मोह त्यागकर परमात्मा का भजन करना चाहिए, यही इस क्षणिक जीवन का सच्चा सदुपयोग है, क्योंकि जीवन स्वप्न के समान है या कांच का कच्चा घढ़ा है, न जाने कब धक्का लगे और खत्म हो जाए।

41

प्रभु को लौ लगी रहे, रहे न तन का सार

वे शुभ दिन न जाने कब आएंगे, जब मैं गंगा के पावन तट पर, हिमालय की शीतल शिला पर पद्मासन लगाकर, विधि के अनुसार योगनिद्रा में मग्न होते हुए ब्रह्म के ध्यान में लीन होऊंगा और तब उन शुभ दिनों में हिरण निर्भय होकर मेरे शरीर से रगड़ खाते हुए अपने अंग की खुजली मिटाते होंगे तथा वे अपने नुकीले शृंगों से मेरे कान खुजाते हुए मनोविनोद करेंगे।

वास्तव में संसार के मायाजाल में सच्चा सुख नहीं है। यह तो सब दिखावा मात्र है। देखा जाये तो अंदर से सभी दुःखी हैं, क्योंकि संसारी राग दिखावे के सुख हैं, सच्चा सुख तो वैराग्य में निहित है।

पता नहीं वह सौभाग्यशाली दिन कब आएगा जब मेरा यह मन संसारी सुखों को त्यागकर वैराग्य धारण करेगा। मैं भी महान् ऋषि-मुनियों की भांति गंगा के पावन तट पर हिमालय की शीतल चट्टान पर समाधिस्थ हो जाऊंगा और पद्मासन में बैठा हुआ मैं ब्रह्म के ध्यान में लीन होऊंगा।

मैं उस समय की प्रतीक्षा में हूं जब मेरी ध्यानावस्था में हिरण निःशंक भाव से, भयरहित होकर मेरे शरीर से अपना शरीर, साधारण वस्तु मानकर, रगड़कर खुजली मिटा रहे होंगे तथा अपने नुकीले सींगों से मेरे कानों को सहला रहे होंगे। सच जिस दिन मैं आत्म विस्मरण की इस चरम स्थिति को पाऊंगा तभी अपने को धन्य समझूंगा। सच्चा ईश्वरभक्त अथवा ध्यानी वही है, जो प्रभु में इतना लीन हो जाता है कि उसे अपने तन-मन तक की सुधि नहीं रहती। जब वह समाधि में होता है तो फिर चाहे पशु उससे अपने शरीर रगड़े, चाहे पक्षी उस पर अपना घोंसला बनाएं और चाहे दीमक अपना घर, साधक को कुछ भी ज्ञान नहीं होता।

42

ज्ञानी का उद्देश्य एक है, गंगा तट पर शिव का ध्यान

यह दिन कब आएगा; जब तुम स्वच्छ निर्मल चांदनी से चमकते गंगा के पावन तट पर ईश्वर के ध्यान में डूबे सुखासीन होगे? रात के शांतिपूर्ण वातावरण में नदी शांत भाव से बह रही होगी। और उस समय हम आन्दाश्रु से पूर्ण, संसार के विषयों से मुक्त होकर शिव का जप कर रहे होंगे। तथा आनन्दोत्साह के कारण हमारी आंखें अश्रुपूर्ण होंगी?

जो लोग इस जगत् के झूठे प्रपंचों से नाता तोड़कर, पावन गंगा के सौम्य-शांत तट पर स्वच्छ निर्मल दूधिया चांदनी में, ईश्वर के ध्यान में डूबकर पूर्ण सुख का अनुभव करते हुए बैठे हैं, वे हमसे श्रेष्ठ हैं। क्या ऐसा दिन हमें भी नसीब होगा?

वह दिन मनुष्य के लिए बहुत ही सौभाग्यशाली होगा जिस दिन वह वैराग्य धारण कर शांत बहती पावन सरिता के तट पर रात्रि की शांति-बेला में बैठा होगा और विषय-भोगों से विरक्त उसका मन शांत होकर केवल शिव-शिव की रटना लगा रहा होगा। चित्त अश्रुपूरित होकर ब्रह्मानन्द में लीन होगा और मन खुशी से गद्गद होगा। जो लोग संसार के मोहजाल में फंसे हैं, वे अपना जीवन व्यर्थ गंवा रहे हैं। ज्ञानी वही हैं, जो एकांत में बैठ भगवान् का भजन करते हैं।

43

शिव की पूजा, गंगा-मज्जन, गुफावास ही मेरा ध्येय

महादेव शिव ही हमारे देव हों, जाह्नवी (गंगा) ही हमारी पवित्र नदी हो। एक गुफा ही हमारा गृह हो और दिशाएं ही हमारा वस्त्र हों। समय ही हमारा मित्र हो और किसी के सामने दीनभाव न होना ही हमारा व्रत हो। ज्यादा क्या कहा जाए, वट-वृक्ष की छाया ही हमारी अर्द्धांगिनी हो अर्थात् सुख-दुःख की साथी हो।

अनेक देवी-देवताओं की पूजा करने से क्या लाभ? श्रेष्ठ यही है कि देवताओं के भी देवता महादेव ही हमारे एक मात्र देवता हों। अनेक नदियों में नहाते रहने से क्या लाभ? पापियों को अपने पवित्र जल से मुक्त करने वाली पावन गंगा नदी ही अपनी नदी हो।

चंकि इस संसार से वैराग्य लेने में ही मानव की भलाई है अतः पहाड़ की कोई गुफा अपना गृह हो जहां दिशाएं ही एकमात्र वस्त्र रूप में हों। केवल मैं होऊं और एकांत शांत समय ही एक मात्र मेरा मित्र हो।

इस संसार में किसी भी व्यक्ति के सामने हाथ न फैलाना पड़े और न ही दैन्यावस्था में आना पड़े, यही मेरा सच्चा और पक्का व्रत हो। अधिक कहने की क्या आवश्यकता? वृक्षों में एक मात्र वट वृक्ष ही अर्द्धांगिनी की भांति जीवनसाथी हो, अर्थात् जिसकी छत्रछाया में ही जीवन बिताता रहूं। यह सब तभी मिल सकता है जब ईश्वर की कृपा हो और मन में ज्ञान का प्रकाश भर जाए।

44

अहंकार में डूबी गंगा स्वर्ग नहीं रह पाई

गंगा जी स्वर्ग से उतरकर सीधे शिव जी के सिर (जटाओं) पर आईं; फिर उनके सिर से हिमालय पर्वत पर और हिमालय से पृथ्वी पर और पृथ्वी से समुद्र में जा गिरीं। इससे यह बात प्रकट होती है कि विवेकहीन लोगों का पद-पद पर, सैकड़ों प्रकार से पतन होता है और वे अधोगति को प्राप्त होते हैं।

जो लोग अपने विवेक से काम नहीं लेते अथवा जो लोग मतिहीन, अहंकारी तथा अपने गर्व में ही चूर होते हैं वे लोग बार-बार नीचा देखते हैं। अब देखिए न, गंगा को स्वर्ग में भी स्थान न मिला तो उन्हें मृत्युलोक आना पड़ा। जहां वे शंकर जी के सिर पर जटाओं में गिरीं किन्तु वहां भी उन्हें ठिकाना न मिला और हिमालय पर्वत पर गिरीं।

पतन की बात यहीं खत्म नहीं हुई बल्कि गंगा का हिमालय से भी पृथ्वी पर पतन हुआ और फिर पृथ्वी से समुद्र में जा गिरीं, जहां गंगा का अपना अस्तित्व ही नष्ट हो गया।

कहते हैं, गंगा विष्णु पद से उत्पन्न होने के कारण अहंकार-युक्त थीं, जिन्हें ब्रह्मा ने अपने कमंडलु में रखा जहां से लगातार पतन होने के बाद समुद्र तक जा पहुंचीं। जो गर्व करते हैं उन्हें कहीं ठिकाना नहीं मिलता। जो गर्वहीन हैं और विवेकभ्रष्ट नहीं होते, उन्हें ही भगवत् प्राप्ति होती है।

45

आशा नदी, तरंगें तृष्णा, बचकर चल इंसान

मानव की आशा एक नदी के समान है, उसमें इच्छा और लालसा रूपी जल भरा है। तृष्णा उस नदी की लहरें हैं, आसक्ति उसके मगरमच्छ हैं तथा तर्क-वितर्क या दलीलें उसमें जल विहंग (पक्षी) के समान हैं। मोह उसमें भंवर के समान है तथा चिंता उसके दोनों तट हैं। यह आशा रूपी नदी धैर्य रूपी वृक्ष को गिराने वाली होती है, जिसे पार करना बहुत मुश्किल है। जो अपने मन को शुद्ध करके योगेश्वर जन उसके पार चले जाते हैं, वे ही अखंड आनंद का उपभोग करते हैं।

मनुष्य के अन्दर संसार के सभी सुखों को भोगने की कामना होती है और रोज एक नई उम्मीद या आशा लेकर मनुष्य कुछ-न-कुछ करता रहता है। मनुष्य की आशा एक नदी के समान बहुत विस्तार वाली होती है जिसमें इच्छा या चाहतों का पानी विद्यमान होता है।

इस आशा रूपी नदी में आसक्ति या मोह के मगर विचरते रहते हैं जो मनुष्य को डुबोने में सफल होते हैं। इस नदी में चंचल लहरें तृष्णा की भांति लहराती रहती हैं और तर्क-वितर्क ही इसके जलचर पक्षी हैं। मनुष्य के मन में विद्यमान चिता ही इस नदी के दोनों किनारे हैं, जो धैर्य रूपी तट बंध पर खड़े वृक्षों को गिराने का कार्य करते हैं। इस नदी में मोह के भंवर घूमते रहते हैं जिनमें फंसने वाला मुश्किल से ही बच पाता है। इस नदी से केवल वे ही पार पा सकते हैं जो शुद्ध चित्त वाले हैं। तात्पर्य यह कि भव-बंधन से छुटकारा पाने का एक मात्र उपाय यही है कि मनुष्य आशा, इच्छा, आसक्ति, तर्क-वितर्क, मोह, चिन्ता आदि से विमुख होकर परमात्मा का ध्यान करे।

46

जे मन पर असवार हैं, ते साधू कोई और

मैं इस सारे संसार में घूमा हूं और तीनों भुवनों में मैंने खोज की है किन्तु आज तक मुझे कोई ऐसा मनुष्य दिखाई नहीं दिया और न ही मैंने किसी ऐसे मनुष्य के बारे में सुना जो अपनी विषय-वासना की प्रबल इच्छा की प्रर्ति हेतु हथिनी के पीछे दौड़ते हुए मदोन्मत्त हाथी के समान, अपने मन को वश में कर रोक सकता हो।

मैंने इस संसार का ही केवल भ्रमण नहीं किया; बल्कि मैंने तीनों लोकों में भ्रमण किया है तथा वहां खोज भी की है। परन्तु कहीं भी आज तक मुझे ऐसा कोई व्यक्ति नहीं मिला, जो विषय-भोगों के पीछे न दौड़ता रहा हो।

मन बहुत ही प्रबल है, यह 'बिन पद चलै, सुनै बिन काना' तथा 'कर बिनु नाना कुकर्म' करने में भी नहीं हिचकिचाता। यह अपनी चंचल वृत्ति के लिए प्रसिद्ध है, इसकी यही चंचलता तो साधना में बाधक है। सभी मनुष्य अपने इसी मन के अधीन होकर नाचते रहते हैं। इसी कारण तो ऐसे पुरुष नहीं मिलते जो विषय रूपी हथिनी के पीछे लगे हुए अपने मन रूपी मदमस्त गज को रोक सकते हैं। अर्थात् मन को विषयों से हटाना असंभव-सा है। यह मन अपनी चंचलता के कारण किसी के भी चित्त में स्थिरता नहीं आने देता। फलतः ब्रह्म-ज्ञान के लिए ध्यान लगाना कठिन है। मन सब पर सवार रहता है, मन पर कोई विरला ही सवार हो पाता है।

47

आत्मज्ञान होने पर हंसता, स्वयं आप पर प्राणी

वे दिवस जो कभी धन के हेतु धनपतियों को खुश करने के कारण बड़े सुखद लगते थे तथा वे दिन जो विषय-भोग में अत्यन्त छोटे मालूम देते थे, दोनों तरह के दिनों को मैं तब अन्तःकरण में याद करके हसूंगा, जब किसी पर्वत की एकांत गुफा में आत्मध्यान में डूबकर बैठूंगा।

जिन लोगों के पास संसार में विषय-भोग के लिए अतुल धन नहीं था, जो निर्धन थे पर मायाग्रस्त थे, अतः धन पाने के लिए धनवानों के आगे सिर झुकाकर गिड़गिड़ाते हुए भीख मांगते थे तो मन में उन्हें बड़ा क्लेश होता था। अपना एक दिन उन्हें पहाड़ की भांति मालूम होता था। इस संसार में ऐसे लोग भी हैं, जिन्होंने सुन्दरियों के साथ विषय-भोग किया या जिन्होंने पैसे और दौलत के बल पर ऐशो-आराम भोगा है और सुन्दर स्त्रियों के साथ रमण किया है, जिनके अनेक खुशामदी लोग चाटुकारिता करते हुए आगे-पीछे घूमा करते हैं। स्त्रियों की तृप्ति के लिए जिन्हें लम्बे दिन भी छोटे प्रतीत होते हैं।

किन्तु जो लोग विषयों को विषय के समान नहीं भोगते और अभाव को अभाव नहीं मानकर अपने-आप में मस्त और संतुष्ट रहते हैं, वे ही सुखी हैं, उन्हें न दिन बड़े लगते हैं और न छोटे। इस प्रकार के दोनों तरह के दिन देखने के बाद जो विरक्ति उत्पन्न होती है तो वैराग्य धारण कर एकान्त गुफा में बैठकर ध्यान धारण करने वाला व्यक्ति उन दिनों को याद करके हंसता है कि मन कितना अज्ञानी था। मनुष्य को जब ज्ञानोदय होता है तो वह अपने विगत दिन को याद कर स्वयं पर ही हंसता है कि उसने अपना जीवन किन-किन मूर्खताओं में व्यर्थ गंवाया।

48

एक नहीं सत्कर्म किया, सारा जीवन व्यर्थ जिया

हमने न तो कलंकरहित विद्या ग्रहण की और न ही धन अजित किया। हमने शांत मन न तो माता-पिता की सेवा ही की और न ही कभी स्वप्न में भी विशालाक्षी सुन्दरियों को बांहों में भर कर हृदय से लगाया। हाय, हमने इस जगत् में जन्म लेकर कौवे की भांति दूसरों के टुकड़ों को ताकने के सिवा कुछ भी तो नहीं किया।

मनुष्य इस संसार में जन्म पाकर भी अज्ञान के कारण कुछ भोग नहीं कर पाता। बस पेट की भूख शांत करने के लिए वह इधर-उधर दौड़ता ही रहता है। अंत में सोचता है कि उसका जन्म वृथा ही गया। सोचता है कि मैंने वह विद्या भी नहीं पढ़ी जिसमें कोई दोष न हो और ज्ञान का प्रकाश मिल जाए, यदि पढ़ा भी तो बस यही पेट भरने के खातिर ही उद्यम करके जीवन को सफल बनाने के लिए धनोपार्जन किया, धन से दूसरों की गई सेवा न कर पाया।

मैंने जीवन में क्या किया? कुछ भी तो नहीं किया। न सुख-भोग किया, न माता-पिता की सेवा की। स्वप्न में भी विशाल नेत्रों वाली किसी सुन्दरी स्त्री का आलिंग्न तक नहीं किया और न ही अपने माता-पिता की सेवा-शुश्रूषा ही की। मैंने इस संसार में वृथा ही जन्म लिया और इस जीवन को व्यर्थ ही गंवा दिया। न तो विषय-भोग ही किये और न पर सेवा कर परलोक ही सुधारा। मैं कितना निम्न कोटि का व्यक्ति हूं। उदर पूर्ति के लिए दूसरों की दौलत की ओर ललचाई दृष्टि से ताकता रहा।

49

छोड़-छाड़कर जग माया को, कब जाऊंगा शरण ईश की

अपना सब कुछ त्याग देने के बाद, करुणापूर्ण हृदय से संसार को और संसार के समस्त पदार्थों को सारहीन समझकर, मैं शरद की चांदनी में, किसी पवित्र वन में बैठा हुआ केवल शिवचरणों को अपना रक्षक समझता हुआ कब शान्तिपूर्वक रातें बिताऊंगा?

पता नहीं वह दिन कब आएगा जब मैं इस संसार के सर्वस्व सुखों को त्यागकर या उनके स्वयं नष्ट हो जाने पर इन सुखों को अनित्य समझकर या भोग-विलासों को दुःखों का मूल समझकर तपस्या करने के लिए वैराग्य धारण कर किसी वन प्रांतर को चल दूंगा।

मैं उस दिन की प्रतीक्षा में हूं जब इस भौतिक जगत् की मोह-माया को त्याग कर, किसी एकांत घने वन में शरद् ऋतु की धवल चंद्रिका के प्रकाश में नहाते हुए, शिव-शिव का जाप करते हुए ब्रह्म में लीन होकर समाधिस्थ हो जाऊंगा।

तात्पर्य यह है कि जो दीन-दुनिया की झूठी तृष्णाओं के पीछे भागते हुए बीत रहे हैं वे सब बेकार हैं और जीवन को वृथा बना रहे हैं। अच्छा तो यही है कि जल्दी-से-जल्दी संसार की असारता को समझकर ईश्वर के ध्यान में जुट जाया जाये।

50
जब आवे संतोष धन सब धन धूरि समान

मैं वृक्षों की छाल पहनकर संतुष्ट हूं और आप लक्ष्मी (धन) से संतुष्ट हैं। हमारे-तुम्हारे दोनों के संतोष समान हैं, जिनमें कोई फर्क नहीं है। दरिद्री व्यक्ति तो वह है जिसके मन में तृष्णा शेष है। मन मे संतुष्टि आने के बाद, भला कौन दुःखी और कौन सुखी, कौन निर्धन और कौन धनी है? अर्थात् संतोषी के लिए दोनों स्थितियां समान हैं।

जिसके जीवन में संतोष है वही सदा सुखी है, यहां जगत् में दुःखी तो वही है जिसके मन की अभिलाषायें अधूरी हैं, संतोष ही सबसे बड़ा धन है जिसके आगे सब कुछ तुच्छ है। इस जगत् में कोई व्यक्ति धन-धान्य पाकर संतुष्ट है तो वह इसलिए कि उसे अब धन की लालसा शेष नहीं। कोई बिना धन के केवल वृक्षों की छाल पहनकर ही संतुष्ट है। देखा जाय तो दोनों का संतोष समान है, क्योंकि लालसाएं दोनों की मिट चुकी हैं।

जिस व्यक्ति की भोग-लालसा या तृष्णा शेष होती है, भौतिक जगत् के पीछे दौड़ता रहता है, वही व्यक्ति दरिद्री है अर्थात् असंतुष्ट है। यदि उसका मन संतुष्ट होगा तो कोई भी दुःख-सुख उसे प्रभावित नहीं कर पाएगा। तब उसे धनी या निर्धन होने पर भी कोई खेद नहीं होगा। क्योंकि संतोष आने पर जगत् के सारे भेद मिट जाते हैं। हर्ष-शोक से बचने के लिए यही श्रेष्ठ है कि व्यक्ति संतोष रूपी परम धन को प्राप्त कर सदा सुखी रहे।

51

रहूं स्वतंत्र; मित्र हों उत्तम और मिले मन का संयम

स्वतंत्रतापूर्वक जीवन यापन करना, बिना याचना के भोजन ग्रहण करना, आपत्ति में भी साहसी मित्रों का साथ करना, मन को वश में रखने के यत्न सुझाने वाले शास्त्रों का पठन-पाठन एवं श्रवण करना तथा अपने चंचल मन को स्थिर करना भी हम नहीं जानते। पता नहीं ये किस तपस्या के परिणाम-स्वरूप प्राप्त होते हैं?

यह बिल्कुल सत्य है कि पराधीन व्यक्ति स्वप्न में भी सुख नहीं प्राप्त कर सकता, उसे पग-पग पर आक्षेप सुनने पड़ते हैं, उपेक्षित होना पड़ता है। जो स्वतंत्र है किसी के दबाव में नहीं है वही पूर्ण रूप से सुखी है क्योंकि उसे भोजन के लिए भी इधर-उधर भटकना नहीं पड़ता और न ही किसी के समक्ष गिड़गिड़ाना पड़ता है।

संकट आने पर जो साहसपूर्वक साथ निभाए वही सच्चा मित्र होता है। यूं तो बहुत-से मित्र मिल जाएंगे पर सच्चा मित्र एक-आध ही होता है। यह सच्चा मित्र ही हर कठिन समय में निर्भय होकर साथ देता है। कितने खेद की बात है कि मैं ऐसे मित्र नहीं बना पाया। मन को शांति प्रदान करने वाले तथा चंचलता दूर करने वाले शास्त्र का पढ़ना-पढ़ाना भी मुझे नहीं आता, जिनसे कुछ ज्ञान प्राप्त कर अपने चित्त को शांत रख सकूं। पता नहीं इस प्रकार के सुअवसर और अच्छे लोग पूर्व जन्म के किस कठिन तप के बदले प्राप्त होते हैं? काश, मैं इन्हें प्राप्त कर सकता!

52

मोह त्याग भए संन्यासी, धन्य-धन्य वे लोग

वे लोग ही प्रशंसा के पात्र हैं, वे ही धन्य हैं जिन्होंने विषयों की जड़ काट दी है, जिनके दोनों हाथ ही बरतन हैं तथा जो परिव्राजक के रूप में घूम-घूमकर अन्न प्राप्त कर खाते हैं। जो लोग विस्तृत दिशाओं को अपना वस्त्र मानकर, पृथ्वी को ही कोमल शय्या समझते हैं। ऐसे लोग सभी चीजों से वैराग्य लेकर अकेले रहना पसंद करते हैं। ये लोग दीनता से घृणा करते हैं। निश्चय ही वे धन्य हैं जिन्होंने आत्मसंतोष धारण कर कर्मों के बंधन काट दिये हैं।

संसार में जिन लोगों ने विषयों का मोह छोड़कर वैराग्य ले लिया है, जिनके लिए उनके दोनों हाथ ही पात्र के समान हों, अन्य किसी पात्रों की आवश्यकता नहीं है, जो इधर-उधर जहां भी भिक्षा से अन्न मिल जाय ग्रहण कर लेते हैं।

उन्हें कोई चिंता नहीं होती कि वे क्या पहनते हैं, क्या खाते हैं? उनके लिए दिशाएं ही वस्त्र के समान होती हैं, इन्हें न तो तन ढकने की चिंता है और न पेट भरने की फिक्र क्योंकि संसारी कर्म इनके लिए मिथ्या है। ऐसे लोगों को गद्दे-तकियों की आवश्यकता नहीं पृथ्वी की शिला को ही ये प्रिय शय्या समझते हैं। ये लोग किसी का संग नहीं करते इन्हें किसी का मोह नहीं होता, ये सदैव अकेले ही विचरण करते हैं। सचमुच ये लोग धन्य हैं, सच्चे त्यागी हैं और पुरुषों में श्रेष्ठ एवं उत्तम हैं।

53

अपनो हित चाहत कियो, तो तू तप आराधि

स्वामी को प्रसन्न करना अत्यंत कठिन है। राजाओं के चित्त घोड़े के समान चंचल होते हैं। इधर हमारी इच्छाएं बड़ी-बड़ी हैं तथा बहुत बड़े मोक्ष-पद के चाहने वाले हैं जबकि बुढ़ापा शरीर का नाश करता है तथा मृत्यु जीवन को विनष्ट कर देती है। इसलिए हे मित्र! चतुर एवं बुद्धिमान् व्यक्ति के लिए इस जगत् में तप से बढ़कर दूसरा कल्याणकारी मार्ग नहीं है।

इस जगत् में किसी को खुश करना बड़ा कठिन है क्योंकि हर व्यक्ति अपनी सेवा कराना चाहता है फलतः उचित सेवा न होने पर लोग मानते और रीझते भी नहीं हैं और न ही कृपा करते हैं। इसी तरह राजाओं के मन की थाह पाना और भी कठिन कार्य है क्योंकि राजाओं का मन घोड़ों के समान चंचल वृत्ति वाला होता है, जो क्षण-भर में इधर तो क्षण-भर में उधर भागता है। अत: राज सेवा करना तो और भी कठिन कार्य है। इसमें सुख तो है ही नहीं, जान की भी खैर नहीं है।

इधर हमारी इच्छाएं अत्यंत बलवती हैं जो इधर-उधर सेवा करके तृष्णा शांत करने को लालायित हैं, जब कि दूसरी ओर दिल संसार की माया त्याग कर मोक्ष रूपी परमपद का अभिलाषी है। इसी कारण इन दोनों चीजों में मेल नहीं है। यही नहीं, उस पर बुढ़ापा इस शरीर को नष्ट करता जा रहा है, और सिर पर मृत्यु नाच रही है जो जीवन को चट करना चाहती है। इसलिए हे मित्र, यदि सच्चा सुख चाहते हो तो इन सब चक्करों को छोड़ परमात्मा से नाता जोड़ो तथा इसलोक के साथ परलोक भी सुधार लो।

54

यही जानकर अस्थिर देह, एक निरंजन सों कर नेह

शरीरधारियों के लिए भोग-विलास सघन मेघों के बीच चमकने वाली चंचल विद्युत् के समान हैं, जबकि मनुष्य की आयु हवा में उड़ते हुए, छिन्न-भिन्न हुए, बादलों के जल के समान क्षणभंगुर अर्थात् नाशवान् है। यौवन की उठती लालसाएं और उमंगें भी अस्थिर हैं, इसलिए हे बुद्धिमानो, धैर्य से अपने चित्त को एकाग्र करके उसे योग साधना में लगाओ, तभी जीवन सार्थक हो सकता है।

इस जगत् के समस्त पदार्थ मिथ्या एवं नाशवान् है। मानव ने जो सुन्दर शरीर और बल-बुद्धि पाई है इसे अच्छे और बरे दोनों ही कार्यों में लगा सकता है परन्तु यह ध्यान रहे कि देहधारियों के भौतिक सुखों में जो विषय सुख है वह सघन बादलों के बीच चमकने वाली बिजली के समान अत्यंत चंचल तथा पल-भर में विलीन हो जाने वाला है।

मनुष्य की आयु, जिस पर वह गर्व करता है, क्षणिक है,उसकी यह आयु तेज हवा से छितराए हुए बादलों के जल के समान क्षणभंगुर है। मनुष्य के शरीर में उठती यौवन की उमंगें भी क्षणिक और नाशवान् हैं, वे स्थिर नहीं होती, यही तो तृष्णा है जो कभी शांत नहीं होती बल्कि विषयों के पीछे भागती रहती है। साथ ही बुढ़ापे के आने पर यौवन की ये सारी उमंगें काफूर हो जाती हैं। इसलिए जो बुद्धिमान् है वह अपने चित्त को एकाग्र करके उसे योग साधना में लगाता है।

55

भूख-प्यास सब कुछ सह जाए निजगृह, मांग न भीख

जो स्वाभिमानी लोग होते हैं वे भूख लगने पर अपने पेट रूपी गड्ढे को भरने के लिए अपने हाथों में साफ-स्वच्छ कपड़े से ढका कटोरा लेकर वन-वन और गांव-गांव घूमते हैं। ऐसे व्यक्ति उन दरवाजों में जाना पसंद करते हैं जिनकी चौखट विद्वान् ब्राह्मणों के द्वारा कराए गए यज्ञ के धुएं से मलिन हो गई है। यह कार्य अपेक्षाकृत श्रेष्ठ है, जबकि कोई व्यक्ति अपने समान कुल वाले के यहां मांगने जाता है तो वह बिल्कुल अच्छा नहीं है।

मनुष्य को स्वाभिमानी होना चाहिए तथा संयमी भी और आत्म-संतोषी भी। क्योंकि जो लोग भूख से पीड़ित होने पर अपने करीबी रिश्ते-दारों या कुल वालों के पास जाते हैं वे अपने स्वाभिमान को ही कुचलते हैं। श्रेष्ठ तो यही है कि अपने पेट की क्षुधा शांत करने हेतु सद् गृहस्थ एवं पवित्र लोगों के द्वार पर जाए जिनके यहां यज्ञ आदि होते रहते हैं, वहां कोई आदर नहीं करेगा भी तो उतना बुरा नही लगेगा। अपने कुल वालों अर्थात् भाई-बंधुओं के पास भिक्षाटन करके भूख शांत करना निश्चय ही उपेक्षणीय कार्य है क्योंकि ये लोग तो माया-मोह के ही अंग हैं जिनसे बचने के लिए आदमी दूर भागता है, यही जब अपने लोग अपमान करते हैं तो जीवन को अधिक क्लेश और कष्ट मिलता है। फलतः एकाग्रचित्तता भंग होती है और सही साधना नहीं हो पाती है।

56

सज्जन चित कबहूं न धरतु, दुर्जन जन के बोल

यह चांडाल है या कोई ब्राह्मण है? यह शूद्र है या कोई तपस्वी है? या यह कोई विवेक प्राप्त बुद्धिमान् योगीश्वर है? जो लोगों के द्वारा ऐसी अनेक प्रकार की संशय एवं कुतर्कयुक्त आलोचनाएं सुनकर भी न कभी क्रोधित होता है और न खुश, वह तो सावधान, दृढ़चित्त होकर, अपनी राह चला जाता है।

भौतिक संसार के सुखों-दुखों से ऊपर उठ जाने वाले योगी छोटी-मोटी बातों का कभी खयाल नहीं करते। लोग उन्हें चांडाल कहें, चाहे ब्राह्मण कहें पर उन्हें कुछ भी अंतर नहीं पड़ता। उन्हें अगर कोई शूद्र कहे या कोई तपस्वी समझे अथवा शंका करे कि इनमें ऐसा क्या है? तो भी वे ध्यान नहीं देते हैं। उन्हें लोग योगीश्वर समझें या न भी समझें, पर कोई अंतर नहीं आता है।

जो बुद्धिमान् लोग होते हैं वे राग-द्वेषों से ऊपर उठकर अपनी निंदा या स्तुति की परवाह नहीं करते हैं। वे न तो अच्छी बातों से प्रसन्न होते हैं और न बुरी बातों से अप्रसन्न होते हैं। जो सच्चे महात्मा होते हैं वे ईश्वर के ध्यान में लीन रहते हैं। सज्जन संसारी बातों की परवाह न करते हुए सिर्फ अपने काम से मतलब रखते हैं।

57

विषय-सर्प को मार, कर्म के काटो बन्धन

हे मित्र! वे पुरुष धन्य हैं जो शरद् ऋतु की चांदनी से धवल हुए आकाश-मंडल युक्त सुन्दर और मनोहर रात को वन में बिताते हैं, जिन्होंने इस संसार के बंधनों को काट लिया है, जिनके अंतःकरण से सर्प रूपी विषय-भोग निकल गए हैं और जो सुकर्मों को ही अपना रक्षक मानते हैं।

इस संसार में वे लोग ही सुखी और कृतकृत्य हैं, जिन्होंने संसार के विषय-भोगों से मुक्ति पा ली है और जो शरद् ऋतु की स्वच्छ चांदनी की मनोहर रात्रि में, वन के सूने एकांत में, खुले धवल आसमान के नीचे बैठकर ईश्वर के भजन में लीन हैं। जिन्होंने इस संसार के समस्त राग-द्वेषों से छुटकारा पा लिया है।

वही व्यक्ति श्रेष्ठ हैं, जिन्होंने अपने अंतःकरण से विषय-वासना को निकालकर मुक्ति पा ली है। क्योंकि विषय रूपी सर्प ही तो मनुष्य के चित्त को अशांत करके आशा, तृष्णा और मोह की ओर दौड़ाते हैं तथा चित्त को चंचल बनाए रखते हैं। सचमुच उनका जीवन धन्य है, क्योंकि उन्हें किसी बात का डर भी नहीं होता, वे सदा ही सुकर्म करते हैं, दूसरों की भलाई, दूसरों के कष्ट निवारण आदि करना ही वे अपना धर्म समझते हैं। सुकर्म ही उनके रक्षक होते हैं।

58

ऐ मन तू विश्राम कर, घर भीतर सुख देख

हे चित्त, तू अब विश्राम कर। इन्द्रियों के अंधे सुखों को पूर्ण करने के लिए विषयों के पीछे दौड़ने का कठिन परिश्रम मत कर। तू आंतरिक शांति की चेष्टा कर, जिससे इस शरीर और जीव का कल्याण हो तथा कष्टों का नाश हो। तू लहरों के समान चंचल चाल को छोड़ दे। भौतिक पदार्थों में ही सुख न समझ; क्योंकि यह असार संसार नाशवान् है। तुझे बहुत समझाना व्यर्थ है। अब तू अपनी आत्मा में ही सुख खोज; इधर-उधर न भटक।

अरे पागल मन, तू क्यों बेकार में परेशान है? अब बहुत भाग-दौड़ न कर। थोड़ा शांत बैठकर, ठहरकर विश्राम कर और सोच कि क्या तेरा भागना-दौड़ना उचित है? तुझे नहीं मालूम कि इन्द्रियों की अंधी इच्छाओं की पूर्ति के लिए बेकार में कठिन परिश्रम कर रहा है। तुझे क्या पता? यह विषय-सुख भयंकर सर्प के समान परलोक तो क्या इस लोक को भी विषाक्त कर देते हैं। यह तुझे काल के गाल में धकेल रहे हैं।

ऐ मन, तू पानी की तरंगों के समान अपनी चंचलता को त्याग दे; क्योंकि इस संसार के माया-मोह में भटकने से कुछ भी मिलने वाला नहीं है। इसे क्षणभंगुर मानकर तुरन्त त्याग दे और अपनी आत्मा के भीतर ही सच्चा सुख ढूंढ़ लें। क्योंकि जो आत्मा के सुख को जान लेता है वह सदा प्रसन्न रहता है।

59

कंद-मूल-फल खाकर मनुआ, वन में कर विश्राम

हे प्रिय बुद्धि, अब तू पवित्र फल-मूलों से ही अपना निर्वाह कर, प्रकृति-प्रदत्त भूमिशय्या पर विश्राम कर तथा वृक्षों की छाल के वस्त्रों से गुजारा कर। उठ, और मेरे साथ वन को चल जहां मूर्ख और संकीर्ण हृदय वाले उन धनवानों का नाम भी नहीं सुनाई देगा जिनकी वाणी, धन के नशे के कारण उनके वश में नहीं है। जो घमंड से मतवाले हैं।

इस संसार में लोग भौतिक पदार्थों से इतना जुड़ गए हैं, धन के पीछे वे इस प्रकार दौड़ रहे हैं कि उन्हें न अपना होश है और न ही यह होश है कि उनके सामने कौन व्यक्ति है। वे अपनी वाणी का संयम तक खो बैठते हैं। अतः ऐसे संसार का त्याग कर देना ही उत्तम है।

व्यक्ति को चाहिए कि वह आत्मसंयम कर वैराग्य का पथ अपना ले। उसे चाहिए कि अपनी बुद्धि का सही उपयोग करे तथा दुनिया के लोभ-मोह से मुंह मोड़कर केवल कंद-मूल एवं फलों पर ही गुजारा करे।

प्रकृति द्वारा दी गई भूमि को ही श्रेष्ठ शय्या मानकर संतोषपूर्वक उसी पर विश्राम करे और वृक्ष की छालों को ही अपना वस्त्र मानकर संतोष कर ले। इस संसार को छोड़कर घने वनप्रांत में ही सुख माने जहां अंहकारी पुरुषों की उल्टी-सीधी घमंड-भरी बातों की परछाईं तक नहीं होती।

60

अस्थिर सुख को छोड़, प्रीति शंकर से जोड़ो

ऐ चित्त, अब तू संसारी मोह को छोड़कर, सिर पर अर्द्ध चन्द्र धारण करने वाले भगवान् शिव से प्रीति कर और गंगा के पावन तट पर खड़े वृक्षों के नीचे विश्राम कर। याद रख, पानी की लहर, पानी के बुलबुले, बिजली की चमक, आग की लौ, स्त्री, सर्प और सरिता के प्रवाह का कोई विश्वास नहीं, ये सातों ही चंचल हैं।

यह सारा संसार मोह-निद्रा में सोया हुआ है और प्रत्येक मनुष्य अपनी दुर्लभ मानवीय देह को विषय-भोगों में मग्न होकर विनष्ट कर रहा है। मानव को यह शरीर इसलिए नहीं मिला कि वह तृष्णा और लालसा के पीछे भागता रहे या त्रिया-कलत्र-पुत्र के लिए सब कुछ भुला बैठे। यह देह इसलिए मिली है कि इस जीव को इस योनि में आने पर आवागमन से छुटकारा दिलाए।

इसी कारण यह आवश्यक है कि अपने चित्त को एकाग्र करके, संसार के झूठे मोह को त्याग कर मनुष्य भगवान् शिव की आराधना में लीन हो जाए।

जिस प्रकार पानी की लहर और पानी का बुलबुला टिकाऊ नहीं होता, बल्कि चंचल और क्षणिक होता है, जिस प्रकार बिजली की चमक और आग की लौ भी स्थिर नहीं बल्कि चंचल होती है उसी प्रकार यह संसार स्थिर नहीं बल्कि क्षणभंगुर है। स्त्री, सर्प और नदी का प्रवाह कभी स्थिर नहीं होता। स्त्री ही विषय-भोगों की जड़ और मोह का केन्द्र है। बड़े-बड़े ऋषि-मुनि भी अपना संयम खो देते हैं। सर्प कभी सीधी राह नहीं चलता बल्कि अवसर पड़ने पर डस भी लेता है। इसी प्रकार नदी का प्रवाह भी स्थिर नहीं होता, ठीक इनकी तरह मानव जीवन में कुछ भी टिकाऊ नहीं है। ऐसी दशा में परलोक को सुधारना ही श्रेष्ठ है।

61

सबका ध्यान छोड़कर कर निर्विकल्प समाधि

हे मन! तेरे सामने सरस कवियों द्वारा श्रेष्ठ कविताओं का पाठ हो रहा हो और तेरे दाएं-बाएं दाक्षिणात्य पंडित शास्त्रों का सदुपदेश कर रहे हों, यदि तेरे पीछे चंवर डुलाने वाली सुन्दरी स्त्रियों के कंकणों की मधुर झनकार गूंजती हो, यदि तेरे लिए सुख-आराम की इतनी सारी सुविधाएं उपलब्ध हों तो तू इस संसार के विषय-भोगों का रसास्वादन कर; नहीं तो सबका ध्यान छोड़कर तू निर्विकल्प समाधि में लीन हो जा।

वास्तव में यह संसार झूठ और अनित्य है, यहां के सुख और सुविधाएं बिल्कुल झूठी हैं। अधूरे सुख और विषय-भोग की तृष्णा के पीछे भागना तो और भी खराब है। या तो श्रेष्ठ जीवन का आनंद ही मिले नहीं तो फिर ईश्वर का सच्चा ध्यान करना चाहिए। बीच की स्थिति ज्यादा कष्टकारी होती है।

यदि किसी व्यक्ति को इस संसार में राजसी ठाट-बाट उपलब्ध हो, सामने चतुर गायक हों तथा दाहिने-बाएं दक्षिण देश के विद्वान् एवं श्रेष्ठ कवि उत्तम काव्य-शास्त्र सरसतापूर्वक सुनाते हों, इसके साथ ही सुन्दर स्त्रियां चंवर डुला रही हों और उनके कंगनों की मधुर झंकार हर क्षण गूंजती रही हो तो व्यक्ति को इस प्रकार का सर्वश्रेष्ठ जीवन आनंदपूर्वक अवश्य जीना चाहिए।

लेकिन इस संसार में ऐसे सुख सबको और सदा तो नसीब नहीं हो सकते अतः ब्रह्म के ध्यान में लीन हो जाना चाहिए क्योंकि द्विविधा में फंसे व्यक्ति को न माया मिलती है और न राम ही मिलते हैं।

62

छोड़ कामिनी संग, बुद्धि से जोड़ो नाता

चतुर लोगो, स्त्रियों की संगति से बचो, क्योंकि इनके संग जो सुख मिलता है, वह पूर्णतः क्षणिक है। अच्छा है कि मैत्री, करुणा और बुद्धि रूपी वधू के साथ सहवास करो। क्योंकि जिस समय नरक की सजा मिलेगी उस समय सुन्दर हारों से सुशोभित सुन्दरियों के दोनों स्तन और घुंघरुओं वाली कर-धनी से शोभित क्षीण कटि तुम्हारी सहायता न कर सकेगी।

हे मनुष्यो, यह संसार पूर्णतः नश्वर है, इस पर विश्वास न करो। तुम स्त्रियों में भूलकर भी अपना मन मत लगाओ, क्योंकि उनके साथ संगम का सुख क्षणिक सुख होता है। इसके परिणाम और दुखी बनाते हैं।

ऐ मनुष्य, यदि तुझे सुख के लिए किसी का साथ ही करना है तो करुणा, मित्रता और प्रज्ञा रूपी वधू के साथ संगम कर जिसके संगम से, जिसकी प्रीति से तुझे अखंड एवं नित्य सुख मिलेगा और तेरा यह लोक तथा पर-लोक भी सुधर जाएगा।

जिन लोगों ने विषय-सुख में सुन्दर रमणियों के संग अपने जीवन को बर्बाद किया है, उनका कोई भला नहीं हुआ। उन्हें नरक में वास तो मिलेगा ही साथ ही यमदूतों का दण्ड सहना पड़ेगा। तब न वे कठोर कुचद्वय सहा-यता करेंगे और न करधनीयुक्त कमर ही। उस समय तो उसकी ही रक्षा होगी जिसने जगत् में करुणा, परोपकार आदि के साथ विवेकपूर्ण कर्म करते हुए ईश्वर की आराधना में मन लगाया होगा।

63

सत्य वचन परहित के कर्म, इससे बड़ा न कोई धर्म

किसी भी प्राणी की हत्या न करना, पराया माल न चुराना, सदा सत्य बोलना, समय पर अपने सामर्थ्य के अनुसार दान करना, परस्त्रियों की चर्चा में चुप रहना, गुरुजनों के सामने विनम्र रहना तथा लालसाओं का दमन करना, सभी की भलाई की कामना करना तथा भिन्न-भिन्न शास्त्रों पर समान भाव से विश्वास करना आदि ही अनंत सुख प्राप्त करने के अचूक मार्ग हैं।

यदि मनुष्य वास्तव में संसारी माया-मोह से छुटकारा पाकर मोक्ष प्राप्त करना चाहता है, वह अपने जीवन को सही अर्थों में सत्कर्मों में लगाना चाहता है तो उसे कभी भी किसी जीव की हिंसा नहीं करनी चाहिए, किसी दूसरे के धन का अपहरण नहीं करना चाहिए एवं सदा सत्य बोलना चाहिए।

व्यक्ति को जैसी सामर्थ्य हो उसे अपनी उसी शक्ति के अनुसार दान-पुण्य करना चाहिए, गरीबों का भला करना चाहिए। पर-स्त्री चर्चा कदापि नहीं करनी चाहिए। सदा ही अपने से बड़ों के सामने विनम्र एवं मौन रहना चाहिए। बड़ों को अधिक सम्मान देना चाहिए, किसी भी धर्म या सम्प्रदाय के शास्त्र हों, उनका समान आदर करना चाहिए। मनुष्य को इन सब श्रेष्ठ बातों पर विश्वास रखकर तर्क-वितर्क से बचना चाहिए। यदि कोई व्यक्ति सचमुच इन गुणों को अपना लेता है तो वह अनंत एवं अखंड सुख आसानी से प्राप्त कर सकता है क्योंकि सत्कर्म ही सुखों का सच्चा पथ है।

64

विषय-भोग व धन की इच्छा, मिटने पर संसार तुच्छ है

हे माता लक्ष्मी, अब किसी और को ढूंढ़ो, मुझ पर अब और अधिक कृपा न करो क्योंकि अब मुझमें विषय-भोगों की तनिक भी इच्छा शेष नहीं रही। मुझ जैसे निस्पृह, इच्छारहित व्यक्ति के सामने तेरा कोई महत्त्व नहीं है। मैंने पलाश के हरे पत्तों से बने दोनों को ही अपना भोजनपात्र बना लिया है और उन पात्रों में ही भिक्षा से प्राप्त वस्तुओं को खाकर जीवन जीने का संकल्प ले लिया है।

जो व्यक्ति अपनी इच्छाओं का दमन करते हुए उन्हें बिल्कुल सीमित कर देता है जिसके चित्त में किसी भी प्रकार की इच्छा शेष नहीं रहती वह व्यक्ति संसार के बड़े से बड़े सुखों को, धन-दौलत को, महलों को और राजसी ठाट-बाट को भी तुच्छ समझता है। इसी कारण तो वह लक्ष्मी को अपने पास नहीं रहने देना चाहता। ऐसे लोग विषय-भोगों से भी उदासीन होते हैं। उनके मन में से तृष्णा मिट चुकी होती है। वे जंगल के फल-फूलों पर ही गुजारा कर लेते हैं व पलाश (ढाक) के पत्तों में ही भोजन या सत्तू सानकर खा लेते हैं और इसी दोने से पानी पी लेते हैं। उन्हें न वस्त्रों की जरूरत है और न दुनिया की किसी अन्य चीज की। वास्तव में त्याग से ही संतोष आता है और मन में संतोष होने पर हर चीज तुच्छ दिखाई देने लगती है।

65

जब मैं था तब 'तुम' थे अब मैं हूं तुम नांहि

पहले हमारा आपसे इतना गहरा संबंध था कि जहां आप थे वही मैं था। मैं था तो भी आप थे। किन्तु अब न जाने क्या अंतर आ गया है कि आप केवल आप हैं और मैं केवल मैं हूं।

मनुष्य विषय में कितना डूब जाता है! यह तो उस विषयासक्त को देखकर ही समझा जा सकता है—विषय और तृष्णा में उलझे व्यक्ति को न अपना होश रहता है और न दुनिया का। विषय में डूबे इंसान का और विषय का फर्क ही मिट जाता है क्योंकि जहां वह व्यक्ति होता है वहां वियय होते हैं। और जहां विषय होते हैं वहां वह हुआ करता है।

लेकिन व्यक्ति को जब ज्ञान प्राप्त हो जाता है तब वह विषयों से विरक्त होकर अपने अंदर के इंसान को पहचान लेता है। जब यह इंसान जाग उठता है तब वह विषयासक्ति छोड़ देता है। उस समय विषय अलग होते हैं और सच्चा इंसान अलग। उसका 'मैं' 'आप' से मुक्त होकर अपना अलग अस्तित्व बना लेता है। इस भेद को जितनी जल्दी जान ले, व्यक्ति उतनी ही जल्दी सुख खोज लेने में सफल हो जाता है।

66

बाले, तेरे नयनबाण तो मेरे हित तिनके से हीन

ऐ बाले, तू अभिनय सहित अधखुले नयनों से मुझ पर कटाक्ष बाण क्यों चला रही है! अब तू कामज्वर पैदा करने वाली दृष्टि को रोक ले, तेरे इस परिश्रम से मुझ पर कोई प्रभाव नहीं पड़ेगा। तुझे कोई लाभ नहीं होगा; क्योंकि मैं अब पहले जैसा नहीं रहा। मेरा यौवन अलविदा ले चुका है और मैंने शेष जीवन वन में बिताने का निश्चय किया है। मैं मोह त्याग चुका हूं। मैं अब विषय-सुखों को तिनके से भी गया-गुज़रा समझता हूं।

मनुष्य यदि अपने यौवन में संयम और नियम नहीं कर पाता तो कोई विशेष बात नहीं, क्योंकि सभी व्यक्ति इन दिनों बहक जाते हैं। मगर यौवन ढलने के साथ-साथ यदि व्यक्ति अपनी आदतों को सुधारे, मन को संयमित करे तो यह कठिन नहीं है कि विषय-भोगों से मुक्ति न पा सके।

यदि मनुष्य वैराग्य धारण करने का दृढ़ निश्चय कर ले, वह संयम और संतोष का व्रत धारण कर ले तो युवा स्त्री के मोहक हाव-भाव एवं तिरछे नयनों का कटाक्ष भी उसका कुछ नहीं बिगाड़ सकता। उसके सारे यत्न बेकार साबित होंगे।

यदि मनुष्य अपनी जवानी पार कर चुका है तब तो इनसे बचना और भी आसान है, क्योंकि मन में दृढ़ता आती है तथा आत्मसंयम की भावना बढ़ती है। चंचला नारी से बचने के लिए यह और भी श्रेष्ठ है कि वैराग्य धारण कर वन का रास्ता पकड़ ले और माया-मोह त्याग दे। यदि मन में दृढ़ निश्चय है तो फिर विषय-सुख तृण से भी कमजोर साबित होते हैं।

67

काम-मोह से मुक्त, वृथा है तेरा नर्तन

यह मुग्धा बालिका बार-बार, नील कमलों से भी सुन्दर नेत्रों से कटाक्ष बाणों का प्रहार मुझ पर क्यों करती है? मैं इसका मतलब ठीक से नहीं समझ पा रहा हूं। अब मेरा मोह खत्म हो चुका है। कामदेव के पुष्प बाणों की अग्नि अब तो शांत हो चुकी है। आश्चर्य है कि यह सुन्दरी बाला अब तक नहीं समझी। यह मूर्खा अब भी अपनी कोशिशों से बाज़ नहीं आती है।

इस संसार में जिन व्यक्तियों का मोह-जाल कट जाता है, जिनकी विषय वासना बुझ चुकी होती है, जो स्त्रियों के प्रणय की वास्तविकता जान चुके होते हैं उन पर इन चीजों का कोई प्रभाव नहीं पड़ता। ऐसे पुरुषों पर स्त्रियों के कमल नेत्रों का भी कोई प्रभाव नहीं पड़ता। यह सुन्दरियां अपनी चंचला वृत्ति के कारण उन पर तिरछे कटाक्ष और कामाग्नि के बाण फेंकती ही रहती हैं।

इन्द्रियों और विषयों को जीतने वाले ऐसे पुरुष कभी भी स्त्रियों के मोहक जाल में नहीं फंसते, उनके सारे अचूक बाण असफल रहते हैं। हां, ये पुरुष उनकी नादानी पर जरूर तरस खाते हैं जो समझकर भी नासमझी करते हुए उन्हें विषय-भोगों में उलझाना चाहती हैं। जिनका मोह-जाल कट जाता है, उन पर विषय-वासनाओं का कोई प्रभाव नहीं पड़ता।

68

माया दीपक, नर पतंग, संतों को यह ज्ञात

इस संसार में संतों के लिए क्या नहीं था! क्या उनके रहने के लिए उत्तम महल न थे? सुनने के लिए उत्तम गान न थे? या फिर संगम-सुख के लिए प्यारी-प्यारी सुन्दर स्त्रियां न थीं? फिर भी ये लोग वनों में रहने क्यों गए? यह सब कुछ होने पर भी उन्होंने इस संसार को क्यों छोड़ दिया? क्योंकि वे समझ गये थे कि यह संसार उनका नाश उसी प्रकार करेगा, जिस प्रकार दीपक की लौ पर गिरते पतंगा। दीपक की थरथराती लौ उसे जला मारता है। वे जीवन और जगत् की क्षणभंगुरता का रहस्य जान चुके थे।

इस संसार में जो भी संत पुरुष हुए हैं उन्होंने इस संसार के रहस्य को ठीक ढंग से जान लिया था। इसी कारण तो उन्होंने इसका परित्याग कर दिया; नहीं तो क्या वे लोग भी सुन्दर-सुन्दर महलों में सुख, विलास के बीच निवास न कर सकते थे, या सुन्दर-सुन्दर गीत सुनते हुए लोकैषणा न कर सकते थे? वे भी सुन्दर से सुन्दर स्त्रियों के साथ रहकर सहवास का सुख प्राप्त कर सकते थे। वे भी सब कुछ कर सकते थे; पर तब उन्हें जगत् और ब्रह्म का ज्ञान न प्राप्त होता और विषयों में साधारण मनुष्य की भांति उलझकर दुख भोग रहे होते।

वे समझ चुके थे कि यह संसार और माया का बंधन बेकार है। जिस प्रकार कोई पतंगा, दीपक से मोह करते हुए उस पर गिरकर भस्म हो जाता है उसी प्रकार यह मनुष्य भी वास्तविक ज्ञान न प्राप्त कर संसारी मोह-जाल में फंसकर अपने जीवन को नष्ट कर रहा है। संत लोग इस नाशवान् जगत् के रहस्य को समझते हैं तभी तो इससे अपना मन हटाकर परमात्मा का ध्यान करते हैं।

69

गिरि-निवास, फल-मूल खा, मत सह जग अपमान

क्या पहाड़ों में गुफाएं और कन्द-मूल-फल नहीं रहे? उनकी शिलाओं से निकलते जल के झरने नहीं रहे? क्या छाल वाले वृक्षों में सरस फलों से युक्त शाखाएं नहीं रहीं? अर्थात् सब कुछ मौजूद है। तब लोग उन अभिमानी और दंभी दुष्टों के आगे दीनता से हाथ क्यों फैलाते हैं जिनकी भौंहें घमंड से चढ़ी रहती हैं और जिन्होंने कहीं से बड़े कष्टों के साथ थोड़ा साधन जोड़ लिया है?

इस संसार में प्रकृति ने ऐसी बहुत सारी चीजें उत्पन्न कर दी हैं जिन्हें ग्रहण कर मनुष्य माया के बंधनों से मुक्त होकर अपना सहज जीवन गुजार सकता है। पहाड़ों में सुन्दर-सुन्दर गुफाएं हैं जिनमें निवास निवास किया जा सकता है। भोजन के लिए कन्द-मूल तथा फलादि विद्यमान् हैं और पीने के लिए उन्हीं पहाड़ों की चट्टानों से बहता शीतल पानी भी मौजूद है। तब इस दुनिया में तृष्णाओं के पीछे क्यों भागना?

मनुष्य यदि अपने जीवन-यापन के लिए सांसारिक बंधनों में फंसेगा तो निश्चय ही उसे धन के लिए, अन्न के लिए इधर-उधर दौड़ना पड़ेगा, किन्तु यदि वह वैराग्य धारण कर वन में चला जाए जहां खाने पीने की हर चीज उपलब्ध है तब धनी लोगों की उल्टी-सीधी बातें नहीं सुनने को मिलेंगी—जिनकी आखों में धन का अहंकार छाया रहता है और क्रोध से, घमंड से जिनकी भृकुटि सदा टेढ़ी रहती हैं।

यदि घमंडी लोगों से बचना है और स्वाभिमान को जिंदा रखना है तो इस दुनिया को तुच्छ समझो और वन की राह पकड़ एकान्त में रहकर भगवान् का भजन करो।

70

मांगन मरन समान है, कर हिम गिरि पर वास

पवित्र गंगा-जल की लहरों से उठे हुए छींटों से शीतल हो रहे हिमालय पर्वत की वे चट्टानें क्या अब नहीं रहीं जिन पर जगह-जगह विद्याधर बैठे हैं? इतना सब है तब अपमान से मिले पराए टुकड़ों पर लोग क्यों निर्भर रहते हैं?

संसार में जीवित मनुष्य के लिए स्वाभिमान सबसे बड़ी चीज़ है। यदि व्यक्ति में स्वाभिमान नहीं रहा, तो वह जीता हुआ भी मरे के समान है। यदि हम किसी के आगे दीनता से हाथ फैलाते हैं तो उसी समय हमारे स्वाभिमान का गला दब जाता है।

प्रकृति ने जब जीवन के अन्य साधन दे दिए हैं तब भीख मांगने या दूसरों के आगे गिड़गिड़ाने की क्या आवश्यकता है? मनुष्य यदि जग छोड़ दे तो हिमालय पर्वत की शीतल चट्टानें उसे विश्राम दे सकती हैं जो कि पावन गंगा की उमड़ती-घुमड़ती लहरों के छींटों से शुद्ध एवं पवित्र हो रही हैं। उन सुन्दर सौम्य शिलाओं पर विद्याधर तपस्या में लीन हैं, सारा वातावरण शांत एवं धर्ममय हो रहा है।

दूसरों के दिए टुकड़ों पर जीवित रहने से यह कहीं अच्छा है कि एकान्त में बैठकर भगवद्भजन किया जाय।

71

मेरु गिरत, सूखत जलधि, क्या बिसात फिर नर की

जब प्रलयकाल की अग्नि के प्रचंड ताप से श्रीसम्पन्न सुमेर पर्वत तक गिरने लगता है, विशाल मगरमच्छों के निवास स्थान गहरे समुद्र भी सूख जाते हैं; यही नहीं, पर्वतों के पैरों के नीचे दबी पृथ्वी भी नष्ट होने लगती है तब हाथी के शिशु के एक कान की कोर के समान मनुष्य के चंचल शरीर की क्या गिनती!

समय के चक्र के अनुसार जब कालांत आता है और चारों ओर प्रलय के तूफान उमड़ने लगते हैं तब प्रलय काल की भीषण अग्नि की ज्वालाओं की चपेट में सुमेर पर्वत जैसे गिरिराज भी टूट-टूटकर विनष्ट होने लगते हैं। जो सागर अथाह समझे जाते हैं, जिनमें मगरमच्छ जैसे अनेक विशाल जीव निवास करते हैं वे गहरे समुद्र भी पल-भर में सूख जाते हैं और सब कुछ विनष्ट हो जाता है। कालचक्र की यह गति यहीं नहीं ठहर जाती। काल के गाल में बड़ी-बड़ी चीजें समा जाती हैं। और तो और यह पृथ्वी—जो कि बड़े-बड़े पर्वतों के पैरों के नीचे दबी हुई है, जो तिल-भर भी नहीं हटाई जा सकती—देखते ही देखते प्रलय की भयंकरता से विनष्ट हो जाती है। तब ऐ मनुष्य, तू किस बात पर गर्व करता है? तू तो हाथी के शिशु के एक कान की कोर की तरह बहुत ही लघु एवं तुच्छ प्राणी है। ऐ चंचल मनुष्य, संसार में सब कुछ नाशवान् है, इसी कारण गर्व को त्याग कर ईश्वर की शरण में जा; तभी तेरा कल्याण होगा।

72

इच्छा त्याग रहो एकाकी, शिव-शिव जाप करो

हे शंकर भगवान्, मैं कब अकेला, इच्छारहित और शांत रहूंगा? कब ये मेरे हाथ ही मेरा पात्र होंगे और कब दिशाएं ही मेरा वस्त्र होंगी? हे शिव शंभु, वह समय कब आएगा जब मैं अपने कर्मों की जड़ उखाड़ने में सक्षम हो जाऊंगा?

इस संसार के माया-मोह के बंधनों को त्यागकर जो लोग इच्छा रहित एकांतवासी हो गए हैं, जिन्होंने संसार को तुच्छ समझकर वैराग्य धारण कर लिया है। वास्तव में वे ही धन्य हैं।

हे ईशों के ईश शिव जी, मैं कब इस अनिवर्चनीय सुख को पा सकूंगा? वह दिन कब आएगा जब मैं एकांत वास करूंगा और मेरी सारी इच्छाएं शमित हो चुकी होंगी? मुझे चरम संतोष मिल चुका होगा? वह दिन कब आएगा जब मैं अपनी हथेलियों को ही श्रेष्ठ पात्र समझूंगा, मुझे किसी अन्य पात्र की आवश्यकता नहीं रह जावेगी, मेरे मन से वस्त्रों का मोह टूट जाएगा और दिशाएं ही मेरा वस्त्र होंगी? हे शिव जी, यदि आप कृपा करें तो यह संभव हो सकता है। मैं भी चाहता हूं कि दुनिया-भर के कर्मकांडों के चक्कर से बचूं, उन्हें अपने मन से समूल उखाड़कर फेक दूं, इच्छारहित होकर परम संतोष को प्राप्त कर लूं। धन्य हैं वे लोग जिन्होंने ये गुण प्राप्त कर लिए हैं। वे ही इस संसार में सच्चा सुख प्राप्त करते हैं। माया के संसार में कल्याण संभव नहीं है। इन्हें त्यागकर शिव-शिव रटने में ही मुक्ति संभव है।

73

धन, विक्रम या अमरता, नहीं दिलावें मोक्ष

हे मनुष्य, यदि सभी इच्छाओं के पूर्ण करने वाली लक्ष्मी मिली, तो क्या हुआ? यदि तूने शत्रुओं के द्वेष को नष्ट करते हुए उन्हें पददलित किया तो क्या किया? यदि तूने धन से मित्रों को या प्रेमी जनों को सम्मानित किया तो क्या किया? और यदि इस शरीर को धारण करते तू एक कल्प तक जीवित रहे तो भी क्या हुआ? अर्थात् यह सब तो क्षणिक है, इससे तेरे जीवन का मोक्ष तो संभव नहीं।

हे मानव, इस जीवन का मूल उद्देश्य केवल राज्य वैभव का सुख भोग करना ही तो नहीं है, बल्कि इसका सही एवं एक मात्र लक्ष्य तो आवागमन के चक्र से छुटकारा पाकर मोक्ष प्राप्त करना है।

यदि मनुष्य को सभी चाहतों को पूर्ण करने वाली साक्षात् लक्ष्मी (धन-दौलत का भंडार) ही मिल जाए तो कोई लाभ नहीं है। क्योंकि धन से मुक्ति नहीं खरीदी जा सकती है। यदि कोई मनुष्य अपने बल-विक्रम और पराक्रम से अपने शत्रु को जीतकर अपने चरणों में झुका भी ले तो उसका कोई लाभ नहीं है। उससे भी मोक्ष मिलने वाला नहीं है। यदि कोई व्यक्ति धन के द्वारा अपने मित्रों को या अपनी प्रेयसियों को धन-धान्य पूर्ण कर दे, विभूषणों से लाद भी दे तो भी बेकार है। इससे भी मोक्ष का मार्ग सरल नहीं हो सकता है। अगर कोई व्यक्ति अपने इसी शरीर को धारण करते हुए एक कल्प (चारों युगों) तक सुख भोगता रहे तो भी यह तुच्छ एवं नगण्य है, क्योंकि इससे भी मोक्ष का सुख तो नहीं प्राप्त हो सकता। यदि वास्तव में सच्चा सुख अर्थात् मोक्ष प्राप्त करना है तो ये सभी सुख त्याज्य हैं, केवल एक वैराग्य का मार्ग ही मोक्ष के द्वार तक पहुंचा सकता है।

74

धन-वैभव, भोजन-भजन, ब्रह्मज्ञान बिन झूठ

अगर फटे-पुराने वस्त्रों की गुदड़ी पहनी तो क्या? या निर्मल, श्वेत वस्त्र अथवा पीताम्बर धारण किए तो क्या? अगर अनेक स्त्रियां एवं हाथी-घोड़े रहें तो क्या? अथवा एक ही पत्नी रही तो क्या? अनेक प्रकार के स्वादिष्ट व्यंजन खाए या फिर सादा भोजन सिर्फ एक बार खाया तो क्या? संसार में बहुत वैभव प्राप्त किया तो क्या? यदि संसार के बंधनों से मुक्ति दिलाने वाली आत्मज्ञान की ज्योति न जागी तो—कुछ भी पाया या न पाया—सब बेकार है।

मनुष्य को संसार में क्या मिला है या क्या नहीं? वह क्या है या क्या दिखावा करता है, इससे उस समय तक कोई लाभ नहीं, जब तक कि उसे आत्मज्ञान या ब्रह्म का ज्ञान न हो जाए।

कहने का तात्पर्य है कि मनुष्य फटे-पुराने चीथड़ों को पहनता है या निर्मल श्वेत वस्त्र धारण करता है या पीताम्बर धारण करता है किंतु उसे आत्मज्ञान प्राप्त नहीं तो मात्र दिखावे से क्या होता है? इसी प्रकार वह अनेक स्त्रियों का भोग करे या खुब हाथी-घोड़े एवं वैभवपूर्ण जीवन बिताए अथवा एक ही पत्नी रखे तो भी कोई लाभ नहीं, क्योंकि हैं तो सभी माया-मोह की दौड़ में लिप्त।

कोई अनेक प्रकार के स्वादिष्ट व्यंजन खाए या कोई केवल शाम को एक बार रूखा-सूखा भोजन करे अथवा कोई दुनिया के सारे वैभव का सुख भोगे या कोई बिल्कुल सादगी से रहे तो भी कोई लाभ नहीं? क्योंकि उन्हें जीवन का सच्चा अर्थ एवं मूल उद्देश्य तो ज्ञात ही नहीं है। मनुष्य के पास यह सभी सुख हो या न हो तो भी कोई फर्क नहीं पड़ता? जब तक आत्मज्ञान अर्थात् ब्रह्मज्ञान नहीं मिलता तब तक सब कुछ बेकार है। ज्ञान-ज्योति ही मुक्ति का द्वार दिखा सकती है, जिसे प्राप्त करना अति आवश्यक है।

75

मन से विरक्ति, प्रभु भक्ति हो, वह ही है वैराग्य

यदि ईश्वर से प्रेम हो, हृदय में जन्म-मरण का भय हो, बंधु-बांधवों से स्नेह न हो, काम विकार समाप्त हो गये हों, विषय-सुखों से दूर एकांत वन में निवास हो, यही सब तो वैराग्य के लक्षण हैं इससे बढ़कर वैराग्य और क्या हो सकता है? अर्थात् कोई नहीं।

मनुष्य के मन में यदि भक्ति का स्रोत जाग पड़े, ईश्वर के प्रति प्रेम उत्पन्न हो जाए, वह अपने को ईश्वरमय कर ले, उसके मन में जन्म-मरण का भय बना रहे,वह इस भवसागर के माया-मोह के चक्र से डरता रहे और उससे मुक्ति का उपाय खोज निकाले, उसके मत में अपने भाई-बहिनों अर्थात् परिवार के प्रति अन्ध प्रेम न हो, वह इन सबको भुला चुका हो तथा उसके मन से काम-विकार बिल्कुल मिट चुका हो; यही नहीं, मनुष्य के अंदर स्त्री-संसर्ग की इच्छा भी मिट चुकी हो, वह विषय-भोगों के प्रति पूर्णतः उदासीन हो तथा लोकैषणा को त्यागकर सूने एकांत वनप्रांत में निवास करता हो, जहां कोई अन्य लोग दूर-दूर तक न हों, समझ लो यही वैराग्य है। इससे हटकर वैराग्य भला और क्या हो सकता है?

76

एक ब्रह्म आनन्द है सहस सुखों का मूल

हे मनुष्य, तू अनन्त, अजर, अमर, अविनाशी एवं शांतिदायक, शोकरहित, पर-ब्रह्म का ध्यान कर। इस झूठे मायाजाल में क्या रखा है? जो लोग ब्रह्म का जरा भी आनंद पा लेते हैं, उनकी दृष्टि में राजसी सुख-वैभव भी तुच्छ होता है।

हे मानव, तुझे समय रहते ही सावधान हो जाना चाहिए। 'का वर्षा जब कृषी सुखानी' की तरह समय निकलने के बाद पश्चात्ताप से कोई लाभ नहीं होगा। इसलिए क्यों न तू उस अनंत, अजर, अमर और अविनाशी तथा शोकरहित, शांतिपूर्ण परब्रह्म का ध्यान कर। जिस मनुष्य ने भी इस ब्रह्म के अखंडानन्द की एक बूंद ग्रहण कर ली है, उसके लिए संसार के सारे सुख तुच्छ हो जाते हैं।

वस्तुतः इस संसार के सारे सुख झूठे और भ्रम के जाल मात्र हैं। मनुष्य इन्हीं माया के बंधनों को नहीं तोड़ पाता है। जो ईश्वर की भक्ति का या साक्षात् ब्रह्म के निकट जाने का महत्त्व जान लेते हैं उन्हें संसार में बड़े से बड़े राजसी सुख, विषय-भोग आदि तुच्छ लगने लगते हैं, उन्हें यह संसार फीका लगता है। यदि कुछ अच्छा लगता है तो बस ब्रह्म का एकमेव ध्यान। ब्रह्मानन्द स्थायी है और सारे आनन्द नाशवान् हैं, इसलिए जिसे ब्रह्मानन्द की तनिक भी अनुभूति हो जाती है, वह संसार-तुख का परित्याग कर देता है।

77

तेरा साहब तुझहि में, अनत कहूं मय जाय

हे चंचल मन, तू अपनी चपलता के कारण कभी पाताल में पहुंच जाता है, तो कभी आसमान से भी ऊपर उठ जाता है। तू ब्रह्मांड की सभी दिशाओं में भ्रमण करता रहता है, किंतु तू भूलकर भी उस महान् निर्मल ब्रह्म का स्मरण नहीं करता, जो तेरे हृदय में ही वास करता है। जबकि उसके स्मरण करने से ही परमानन्द रूपी मोक्ष प्राप्त हो सकता है।

मनुष्य ज्ञानवान् होकर भी कितना अज्ञानी है! मग की कस्तूरी की भांति हृदय में ही बसने वाले ईश्वर को उसका चंचल मन नहीं खोज पाता, जबकि यही चंचल मन अपनी चपलता से कभी पाताल लोक में पहुंच जाता है तो कभी क्षण में ही आसान से भी ऊपर पहुंच जाता है तो कभी आकाश से भी पार दसों दिशाओं में भ्रमण करता रहता है।

मनुष्य का यह मन संसार की नाना क्रियाओं के पीछे दौड़ता रहता है पर अपने ही हृदय में बसने वाले अमृत सरोवर रूपी ब्रह्म को नहीं पहचानता और न ही स्मरण करता है। जबकि इस ब्रह्म के स्मरण से ही सभी पापों से मुक्ति मिलेगी और संसार के जन्म-मरण जैसे आवागमन के चक्र से छुटकारा भी मिल जाएगा। पहले तो लोगों को ईश्वर की याद ही नहीं आती और यदि आती भी है तो अज्ञानवश दुनिया भर में इधर-उधर भटकते रहते हैं। अपने हृदय में ही नहीं खोजते।

78

बुद्धिमान् क्यों मूरख बनकर, निशि दिन व्यर्थ गंवाए

समस्त प्राणियों में बुद्धिमान् (मनुष्य) यद्यपि जानते हैं कि दिन-रात ठीक पहले की तरह होते हैं (समय गुजर रहा है) परन्तु वे उन्हीं कार्यों के पीछे दौड़ते रहते हैं जिनके पीछे पहले भी दौड़कर जीवन गंवा दिया है। कितने आश्चर्य, खेद और लज्जा की बात है कि मनुष्य उन्हीं कर्मों में लगे रहते हैं जिनका क्षणिक दुख बार-बार भोग चुके हैं जबकि उन्हें ईश्वर भजन करना चाहिए।

संसार में जितने प्राणी हैं मनुष्य उनमें सबसे श्रेष्ठ एवं बुद्धिमान् होता है। फिर भी वह अपने जीवन के बहुत सारे दिन यूं ही गुजरता रहता है। जानता भी है कि रात-दिन यूं ही गुजरते रहेंगे और जीवन भी खत्म होता रहेगा, भक्ति या वैराग्य के लिए कोई विशेष दिन या रात्रि नहीं आएंगे और न काल की गति में ही कोई परिवर्तन होगा। वही सूरज, चांद, नक्षत्र आएंगे और वैसे ही वर्ष गुजरते जाएंगे।

मनुष्य को मालूम है कि दिन, महीने, साल गुजरते जाएंगे, फिर भी वह वही खाना, पीना, विषय भोग करना आदि कार्यों में लिप्त रहेगा। कोई नया कार्य नहीं करता बार-बार इन्हीं कार्यों को करके, इनके परिणामों से प्राप्त कुछ पल के सुखों में भटकता रहता है। यह कितने खेद की बात है कि वह इस मिथ्या संसार के बंधन को नहीं तोड़ता और न ही ईश्वर का स्मरण करता है। यह कितनी लज्जा और आश्चर्य की बात है कि समय रहते मनुष्य ईश्वर का स्मरण नहीं करता बल्कि अज्ञान में डूबा हुआ, जानकर भी अनजान बना रहता है और दुनियादारी के अंधेरों में भटककर जीवन का बहुमूल्य समय नष्ट करता रहता है। यदि समय रहते ईश्वर का स्मरण कर ले तो सरलतापूर्वक मुक्ति मिल सकती है।

79

भू शय्या, नभ चादर मुनि को, है वैराग्य से राग

पृथ्वी ही जिनकी रमणीय शय्या है, जिनकी भुजा ही तकिया जैसा सुख देती है, आकाश ही जिनकी विस्तृत चादर है, प्रकृति की खुली हवा ही जिनके लिए पंखा है, चंद्रमा ही जिनके लिए दीपक के समान है और विरक्ति ही जिनकी पत्नी है, वे ही सच्चे मुनि हैं, और राजाओं से भी श्रेष्ठ आनंद का उपभोग करते हुए इस लोक में रहते हैं।

जो लोग संसार को त्याग कर वैराग्य धारण कर लेते हैं वे ऋषि या मुनि कहलाते हैं। इन मुनियों के पास न तो राजाओं की तरह सुख-विलास के साधन होते हैं और न सुख देने वाले अन्य कृत्रिम उपादान। किंतु फिर भी वे सुख से रहते हैं और सर्वोत्तम आनंद प्राप्त करते हैं क्योंकि इन ऋषियों-मुनियों के मन में संतोष रूपी धन होता है और संसार के प्रति वैराग्यभाव।

यह मुनि-श्रेष्ठ वन की खुली भूमि को ही अपनी शय्या मानते हैं और उस पर सुखपूर्वक सोते हैं। इनके पास न तो बड़े-बड़े तकिया होते हैं और न गद्दे परन्तु उनकी भुजा ही तकियों का काम करती है। यही नहीं, प्रकाश के लिए दीपक की आवश्यकता नहीं पड़ती बल्कि चांद की चांदनी ही दीपक-सा प्रकाश प्रदान करती है।

आसमान ही जिनके लिए चादर के समान है और मंद-मंद वायु ही श्रेष्ठ पंखे का कार्य करती है। इन्हें संसारी विषय-भोगों से मुक्ति मिल चुकी होती है अतः विरक्ति (वैराग्य) रूपी स्त्री से ही गहरा नाता जोड़कर सुख की नींद सोते हैं। इनका सुख उन राजाओं से भी श्रेष्ठ है जो बड़े-बड़े महलों में, सुरा-सुंदरियों के साथ मखमली गद्दों में खस के ठंडे कमरों में रहते हैं। राजाओं को भी वह सुख-संतोष नहीं मिलता जो कि इन मुनियों को प्राप्त है जिन्होंने संसार से नाता तोड़कर विरक्ति से नाता जोड़ लिया है।

80

आत्मज्ञान के उदय से, मिटै जगत-सुख चाह

हे आत्मा, यदि तुझे परमात्मा का ज्ञान हो चुका है जिसके समक्ष तुझे तीनों लोकों के सुख फीके लगते हैं तो फिर भोजन, वस्त्र, मान-सम्मान, भोग एवं विषय-भोगों की इच्छा मत कर; क्योंकि परमात्मा के साथ किया गया आनंद-भोग सर्वश्रेष्ठ है जो अनंत एवं नित्य है, जिसके आगे संसार का सुख तो क्या, तीनों लोकों के विषय-भोग एवं रसादि भी तुच्छ हैं।

मनुष्य को जब तक ज्ञान नहीं प्राप्त होता तब तक वह आत्मा और ब्रह्म से संबंध को नहीं खोज पाता। उसे आत्मज्ञान नहीं होता, फलत: वह संसारी माया-मोह के पीछे घूमता रहता है और इन्हीं विषय-भोगों से प्राप्त झूठे सुख को सच्चा सुख मानकर दुखों में डूबा रहता है। लेकिन जब ज्ञान की एक किरण प्राप्त हो जाती है तो उसका जीवन-लक्ष्य ही बदल जाता है।

जिस मनुष्य को सच्चा आत्म-ज्ञान मिल गया है, उसे यह संसार नगण्य लगने लगता है। परमब्रह्म के सुख के सामने दुनिया का हर सुख-भोग तुच्छ लगने लगता है। तीनों लोकों के सुख भी महत्त्वहीन लगते हैं। तब उसे भोजन, वस्त्र, विषय-भोग या मान-सम्मान की कामना नहीं होती; बल्कि यह सब हेय एवं तुच्छ लगते हैं। क्योंकि ब्रह्म के साक्षात् से उत्पन्न सुख ही सच्चा एवं नित्य है। वह सुख कभी न मिटने वाला तथा आवागमन के चक्र से छुटकारा दिलाने वाला भी है। संसारी सुख तो अज्ञानियों के लिए है। सच्चा आत्मिक और ब्रह्मसुख आत्मज्ञानियों को ही मिलता है।

81

आत्मज्ञान से ब्रह्म ज्ञान है, जो सब सुख का मूल

वेद, शास्त्र एवं पुराणों के पढ़ने से या अन्य धर्मशास्त्रों के पठन-पाठन से तो केवल स्वर्ग लोक में एक कुटी मात्र का स्थान मिलेगा; उससे क्या लाभ? किंतु ब्रह्मानन्द रूपी कुटिया में प्रवेश करने से संसार के बंधन, दुःख आदि वैसे ही नष्ट हो जाएंगे जैसे प्रलयकाल की अग्नि से सब कुछ खत्म हो जाता है। इसके अतिरिक्त किए अन्य प्रयत्न तो संसारी क्रियाकर्म एवं विभ्रम मात्र हैं।

मनुष्य यदि आत्मज्ञान नहीं प्राप्त कर पाता और अपने दुःखों से बचने के लिए वेद, पुराण, स्मृति आदि अनेक शास्त्रों को पढ़ता है, तो इससें मनुष्य का कोई बड़ा लाभ नहीं। क्योंकि इनके सुफल होने पर स्वर्ग में एक कुटिया जितना स्थान प्राप्त हो सकता है। परन्तु यह भी सदा के लिए नहीं हैं क्योंकि पुण्य खत्म होते ही स्वर्ग का निवास खत्म हो जाता है। अतः यह सब नित्य सुख नहीं है।

मनुष्य को यदि ब्रह्म का ज्ञान हो जाए, उसे आत्मज्ञान प्राप्त हो जाए और वह ब्रह्मानन्द रूपी कुटोर में प्रवेश कर जाए तो फिर उसे जन्म-मरण के बन्धनों से मुक्ति मिल जाएगी और आवागमन का चक्र खत्म हो जाएगा। वह आत्मज्ञान के सहारे प्राप्त ब्रह्मानन्द को सदा सुख से भोगता रहेगा। यह सुख नित्य एवं अनन्त होगा। यह ब्रह्मज्ञान समस्त दुखों को प्रलयाग्नि के समान विनष्ट करने वाला होता है। ब्रह्मज्ञान की प्राप्ति के अलावा किए गए अन्य प्रयत्न तो एक प्रकार का व्यापार मात्र है, दूकानदारी-भर हैं। जैसे व्यापारी लाभ के बदले में ही कुछ लेता-देता है, ऐसे ही अज्ञानी लोग स्वर्ग के लोभ में वेदादि पढ़ते या शास्त्रों का अध्ययन करते हैं। ज्ञानी आत्मा को पहचानकर ब्रह्मानन्द प्राप्त करता है, जिसके आगे सभी सुख तुच्छ पड़ जाते हैं।

82
संसार-सिन्धु से पार उतारे केवल ब्रह्मज्ञान

मनुष्य की आयु लहरों के समान चंचल है। यौवन बहुत थोड़े दिनों की शोभा है। धन भी मन के संकल्प के समान चंचल है; थोड़ी देर ठहरकर चला जाता है। विषय-भोग वर्षाकाल में बादलों के बीच चमकती चपल बिजली के समान क्षण-भर में चमककर लुप्त होने वाले होते हैं। गले से लिपटने वाली स्त्री का प्यार भी चिरस्थाई नहीं होता, कुछ दिनों में ही समाप्त हो जाता है। इसीलिए हे मनुष्य, भवसागर से मुक्त होने के लिए ब्रह्म के प्रेम में खुद को लीन कर दो।

मनुष्य के जीवन का कोई ठिकाना नहीं होता, सब कुछ क्षणभंगुर होता है। वह पानी पर उठती-गिरती लहरों के समान चंचल है जो क्षण-भर में उठकर विनष्ट हो जाती हैं। इसी तरह मनुष्य की आयु है, कब नष्ट हो जाए कोई भरोसा नहीं। यह जवानी भी कुछ दिनों की शोभा है जो जल्द ही नष्ट हो जाती है। धन का आवागमन भी क्षणिक होता है जैसे मन के विचार जल्दी ही बदल जाते हैं वैसे ही धन भी आकर चला जाता है। संसार के विषय-भोग भी बहुत क्षणभंगुर होते हैं ठीक वैसे ही जैसे कि आकाश में वर्षा के बादलों के बीच बिजली चमककर विलुप्त हो जाती है।

यही नहीं, मनुष्य जिस स्त्री के पीछे दीवाना बना फिरता है, जो उसके हृदय से लगकर बांहों की माला गले में डालकर झूलती है वह भी स्थायी नहीं है। सच तो यह है कि स्त्री का प्यार भी केवल मुंहदेखा है, वस्तुतः वह तो मनुष्य के यौवन, धन और वैभव से प्यार करती है जो यौवन बीतने के बाद घट जाता है। वास्तव में मनुष्य को यदि इस संसार के बंधनों से छुटकारा पाना है, इस दुखों के सागर से पार उतरना है तो उसे ब्रह्म के प्रति आसक्ति करनी चाहिए। सारा ध्यान उसी में लीन हो जाना चाहिए। ब्रह्मानन्द ही श्रेष्ठसुख एवं नित्य है।

83

जग-सुख उसे लुभाएंगे क्या, जिसने पाया ब्रह्मज्ञान

जो लोग सच्चे, विचारवान् एवं ब्रह्मज्ञानी हैं, उन्हें संसार की कोई भी वस्तु नहीं लुभा सकती। जैसे कि मछली के उछलने से सागर उद्वेलित नहीं होता, बल्कि शांत बना रहता है वैसे ही धीर पुरुषों के लिए सब कुछ तुच्छ है।

इस संसार में जो सच्चे, धैर्यवान्, विचारवान् पुरुष हैं, जिन्हें ब्रह्मज्ञान प्राप्त हो चुका है, वे संसार की किसी वस्तु पर मोहित नहीं होते। जिस प्रकार सागर में मछली भले ही उछलती रहे परन्तु सागर शांत बना रहता है, उसकी हलचल से कोई फर्क नहीं पड़ता, उसी प्रकार ब्रह्मज्ञानी महापुरुष संसार की सम्पत्ति को देखकर भी लोभित नहीं होते और न ही अपना धैर्य खोते हैं।

जो विचारवान्, धैर्यवान् और ज्ञानवान् हैं, उन्हें यह संसार स्वप्नवत् प्रतीत होता है। उसी कारण वे दुनिया के माया-मोह के फंदे में नहीं फंसते हैं। बल्कि वे आत्मज्ञान के द्वारा ब्रह्मानन्द में विभोर रहते हैं।

84

जब क्विर्क-अंजन दियो लखा ब्रह्म-आलोक

हमारे अन्दर जब तक कामदेव से पैदा हुआ अज्ञान रूपी अंधकार था, तब तक हमें सारा जगत् 'स्त्रीमय' ही दीखता था। अब जब हमने इन आंखों में ज्ञान और विवेक रूपी अंजन लगा लिया है, तो यह दृष्टि ऐसी हो गई है कि हमें यह जगत् ही नहीं, तीनों लोक ही ब्रह्मरूप में दिखाई देने लगे हैं। अर्थात् सब कुछ ही ईश्वरमय दीख रहा है।

मनुष्य जब जगत् में अपने यौवन के मद से चूर अपनी मस्ती में घूमता रहता है, तब उसे अच्छे-बुरे का ज्ञान नहीं होता है। यौवन के दिनों में कामदेव का ऐसा नशा छाया रहता है कि कामान्ध होकर स्त्री को ही सब कुछ समझता है। हर क्षण विषय-भोग की आकांक्षा रहती है और दुनिया की सारी औरतें उसे प्रिय लगती हैं। यहां तक कि संसार में उसे स्त्री के रूप-लावण्य और विषयों के अतिरिक्त कुछ नहीं सूझता है।

मनुष्य की यह स्थिति तभी तक रहती है जब तक कि उसे अज्ञान रहता है, किन्तु जब मानव की आंखों से काम का मद उतर जाता है और उसे ज्ञान रूपी अंजन मिल जाता है तो उसके मन की कामाग्नि को प्रज्वलित करने वाली स्त्री की सुन्दरता एवं यौवन भी तुच्छ लगने लगता है। उन्हीं आंखों से उसे सर्वत्र ब्रह्म-ही-ब्रह्म दीखता है। ज्ञान से उसे सर्वत्र ही 'लाली मेरे लाल की जित देखूं तित लाल' वाली स्थिति नजर आती है। उसे तीनों भुवनों (लोकों) में सर्वत्र ईश्वर के ही दर्शन होते हैं। सभी जीव उसे ब्रह्म रूप ही दिखते हैं।

85

चारू चन्द्र, रमणी की चितवन, ब्रह्मज्ञान के आगे फीके

चन्द्रमा की रमणीय चांदनी, हरे-हरे तिनकों वाली सुन्दर वन-स्थली, सज्जनों और मित्रों का मनभावन समागम, संतोषयुक्त शांतिपूर्ण सुख, सुन्दर काव्ययुक्त शृंगारी कथाएं तथा क्रोध के कारण अश्रुयुक्त आंखोंवाली चपल प्रिया का प्यारा मुखड़ा, पहले तो ये सब हमारे चित्त को तनिक में ही आकर्षित करते थे, किन्तु जब से संसार का मायाजालयुक्त रहस्य और इसकी क्षणभंगुरता समझ में आ गयी; तब से सब कुछ तुच्छ एवं वृथा लगने लगा।

जब तक मनुष्य को इस संसार की क्षणभंगुरता, नश्वरता का ज्ञान नहीं होता, उसे संसार के मायाजाल की पोल नहीं मालूम होती, तब तक उसे इस संसार की हर चीज अच्छी लगती है। उस समय तक उसे विषय-भोगों के साथ चांद की चांदनी, हरी-भरी वनस्थली तथा मित्र-मण्डली अच्छी लगती है।

मनुष्य को जब संसार की क्षणिकता और मायाजाल का रहस्य ज्ञात हो जाता है,जब उसे ज्ञान प्राप्त हो जाता है तब ये सारी चीजें फीकी लगती हैं। यहां तक कि गृहस्थी का मोह और शृंगार की कविताएं भी अच्छी नहीं लगतीं। आत्म-ज्ञान होने पर चन्द्रवदनी मृगलोचनी स्त्री के रूठने से उत्पन्न आंखों के अश्रु भी नहीं मोहित कर पाते हैं। तब कामिनिओं का यौवन भी तुच्छ एवं हेय लगने लगता है। संसार की अनित्यता, नश्वरता का ज्ञान होने तथा ब्रह्मज्ञान होने पर मनुष्य की दृष्टि बदल जाती है और वह माया-जाल को छोड़कर सच्चे सुख की ओर बढ़ने लगता है।

86

हानि-लाभ, जीवन-मरण नहिं ब्रह्मज्ञानी को व्यापे

ऐसे तपस्वी कोई एक-आध ही होते हैं जो भीख मांगकर खाते हैं तथा अपने लोगों का मोह नहीं रखते। जिसने स्वतंत्र रूप से जीवन निर्वाह का पथ अपनाया हो तथा लेन-देन का व्यवहार त्याग दिया हो, जो राह के चीथड़ों की गुदड़ी ओढ़ता हो और जिसे मान-अभिमान से कोई मतलब न हो, जो ब्रह्म ज्ञान से प्राप्त आनंद को हो श्रेष्ठ सुख मानता हो ऐसा व्यक्ति विरला ही होता है।

मनुष्य को जब इस संसार के सारे रहस्य मालूम हो जाते हैं, उसे ज्ञान की ज्योति मिल जाती है और वह ब्रह्मज्ञान से प्रकाशमान हो जाता है तब इस जगत् का महत्त्व उसके लिए फीका हो जाता है। परन्तु इस संसार में ऐसे बहुत कम लोग हैं जिन्हें ब्रह्मज्ञान प्राप्त हो गया हो और वे इस जगत् को क्षणिक, हेय एवं तुच्छ मानते हों।

इस संसार में ऐसे साधक बहुत कम ही होते हैं जो भीख मांगकर अपनी भूख को शांत कर लेते हैं पर किसी के आगे झुकते नहीं हैं। वे सभी बंधनों से मुक्त जब जी चाहे, जहां चाहे भ्रमण करते हैं, अपने जीवन के स्वयं मालिक होते हैं। वे लोग राह के चीथड़ों को ही अपना वस्त्र मान लेते हैं। उन्हें सुख-दुख जय-विजय सब एक-सी ही लगती हैं। ऐसे व्यक्ति बहुत कम हैं जो न किसी से कुछ लें न दें। ऊंच-नीच के भेद से मुक्त हों, जिन्हें मान-अपमान समान हों। जो लोग ऐसे होते हैं निश्चय ही उन्हें आत्मज्ञान से ब्रह्मानंद प्राप्त हो चुका होता है। वे जन्म-मरण के बंधन से मुक्त सदा परमानंद में लीन रहते हैं।

87

पंचतत्त्व दो बिदा, कि अब मैं ब्रह्मलीन होता हूं

हे माता स्वरूप पृथ्वी, पितातुल्य वायु, तेज जैसे साथी, जल जैसे सुबन्धु, भाई-तुल्य आकाश! मैं आप सबको अन्तिम विदाई का प्रणाम करता हूं। आप सबके साथ रहते हुए मैंने पुण्यकर्म किए और उन्हीं पुण्यों के परिणाम-स्वरूप मुझे आत्मज्ञान हुआ, जिसके द्वारा मेरे संसारी कर्मों का, माया-मोह का नाश हुआ। अब मैं परमब्रह्म में लीन होना चाहता हूं।

मनुष्य का शरीर पंचतत्वों-क्षिति, जल, पावक, गगन एवं समीर-से बना होता है। इन पंचतत्वों की बनी काया के अंदर ही आत्मा रहती है जो अज्ञान के कारण इस शरीर के साथ विषयभोगों के पीछे दौड़ती रहती है। लेकिन जब ज्ञान प्राप्त होता है तो सारे भ्रम मिट जाते हैं।

इस संसार में जिसे भी आत्मज्ञान प्राप्त हो जाता है वह इन पंच तत्वों (पृथ्वी, जो मां के समान पालन करती है; वायु पिता के समान प्यार-दुलार देती है; तेज उसके दर्प को कायम रखता है; जल जैसे सुदृढ़ एवं आकाश जैसे भाई उसकी रक्षा करते हैं) को प्रणाम करके ब्रह्म के ध्यान में लीन हो जाता है। वह व्यक्ति इनसे कहता है कि तुम अब इस शरीर को छोड़ दो, इसका लालन-पालन बंद कर दो, क्योंकि मुझे आत्मज्ञान प्राप्त हो चुका है, अतः मैं परमब्रह्म में लीन होकर इस काया से छुटकारा तो पाऊंगा ही, साथ ही जीवन-मरण के चक्र से मुक्त हो जाऊंगा। सचमुच वे ब्रह्मज्ञानी व्यक्ति हैं जिन्होंने भौतिक शरीर को त्याग कर परमात्मा में लीन होने का दृढ़ निश्चय कर लिया है।

88

चेत समय के रहते प्यारे, पीछे मत पछताना

जब तक यह शरीर स्वस्थ एवं सौंदर्य-युक्त है, वृद्धावस्था दूर है, इन्द्रियों की शक्ति बनी हुई है, आयु के दिन शेष हैं, तभी तक बुद्धिमान् को अपने कल्याण की चेष्टा ठीक तरह से कर लेनी चाहिए। घर में आग लगने पर कुआं खोदने का प्रयत्न करने से क्या लाभ? अर्थात् अवसर चूकने के बाद पछताने से क्या फायदा? समय पर ही प्रयत्न करना ठीक है।

संसार में मनुष्य जन्म लेता है और अपने यौवन के दिन यूं ही गुजार देता है। मनुष्य एक बुद्धिमान् प्राणी है अतः उसे समय रहते ही अपना परलोक सुधारना चाहिए। मनुष्य का शरीर जब तक निरोग और तंदुरुस्त रहे, जब तक बुढ़ापा उससे दूर रहे और और जब तक इन्द्रियों की शक्ति ठीक बनी रहे, जब तक उसकी आयु शेष बनी रहे; तक उसे अपनी भलाई की चेष्टा कर लेनी चाहिए।

बुद्धिमान् व्यक्ति का कर्तव्य यही है कि वह इन सब स्थितियों के रहते ही अपने भले का प्रयत्न कर ले; क्योंकि जब शरीर में ताकत है तभी कुछ किया जा सकता है, यदि शरीर ही काम का न रहा तो फिर कुछ कर पाना मुश्किल है। यदि समय रहते ही प्रयत्न नहीं किया तो फिर मनुष्य की हालत वही होगी जो घर में आग लग जाने पर कुआं खोदकर बुझाने की चेष्टा करने वालों की होती है। न तो कुआं ही खुद पाता है और न आग बुझती है बल्कि सब कुछ जलकर खाक हो जाता है। इसी कारण वक्त रहते उपाय कर लेने में ही बुद्धिमानी है।

89

सूने घर के दीप सदृश ही, जीवन व्यर्थ जला

हमने न तो इस जग में आकर विनम्रों को संतुष्ट करने वाली विद्या पढ़ी और न ही प्रतिपक्षियों के मान को भंजन करने का अभ्यास किया। न ही मैंने तलवार की धार से मदमस्त हाथी के मस्तक के पृष्ठ भाग को विदीर्ण कर अपने यश को स्वर्ग तक पहुंचाया और न ही मैंने चांदनी रात में प्रेयसी के कोमल अधर-पल्लव का रसपान किया। सच में मेरा यौवन सूने घर में जलने वाले दीपक की भांति अपने-आप ही बुझकर नष्ट हो गया।

मनुष्य का जीवन तभी सफल है जब वह अपने कर्मों के चरम को प्राप्त कर ले। बीच की स्थिति तो बिल्कुल ही बेकार होती है। मनुष्य को वस्तुतः इतना बलशाली होना चाहिए कि जिससे वह मस्त हाथियों के मस्तक के पृष्ठ भाग को विदीर्ण कर स्वर्ग में दुंदभी बजा सके। या फिर उसके पास सुख एवं विलास की सुविधाएं हों कि वह चांदनी रातों में प्रेयसी के कोमल अधर पल्लवों के रस का पान कर सके। परन्तु अभावों के कारण वह कुछ नहीं कर पाता। ऐसे मनुष्य की जवानी उस दीपक की भांति है जो सूने घर में ही जलकर बुझ जाता है। जिसका प्रकाश किसी के काम नहीं आता। सारा यौवन ही वृथा चला जाता है।

90

एक तत्त्व ही देशकाल से भिन्न भाव उपजावे

सज्जनों में जो ज्ञान उनके गर्व को नाश कर उन्हें विनम्र बना देता है, वही ज्ञान क्षुद्र एवं दुष्ट पुरुषों के मद और ममंड को बढ़ाने वाला होता है। जो एकान्त योगियों को शांति एवं मुक्ति दिलाने वाला होता है, वही एकान्त-स्थान कामी एवं विषय-भोगियों के मन में काम की ज्वाला को बढ़ाता है। वस्तुतः एक ही तत्व पात्र के अनुसार गुणों को ग्रहण करता है।

यह संसार भी वही रहता है और यहां के प्राणी भी वही रहते हैं; किन्तु फिर भी वस्तुस्थिति, घटना चक्र तथा पात्र एवं काल के अनुसार उसका अलग-अलग तात्पर्य ग्रहण किया जाता है। देखा जाए तो एक ही चीज पात्र के अनुसार कई गुणों को प्रकट करती है तथा पात्र के अनुसार प्रभाव भी अगल-अलग डालती है।

इस विश्व में ज्ञान तो एक ही है। उसका गुण पात्र के अनुसार बदल जाता है। जो ज्ञान श्रेष्ठ मनुष्यों के हृदय में मदारि को नष्ट कर नम्रता को जन्म देता है, वही ज्ञान तुच्छ बुद्धि वालों में मोह-मद को जगाता है, उनमें घमंड बढ़ाता है। जिस प्रकार से एक स्थान की एकांतता किसी योगी पुरुष को ब्रह्म में लीन होने एवं मुक्ति पाने में सहायता करती है वही विषयी एवं कामी पुरुष में विषय-भोग की लालसा को बढ़ाती है। एक ही ज्ञान एवं स्थान पात्रों के अनुसार अलग-अलग प्रभाव प्रदर्शित करते हैं। सत्य तो यह है कि सब कुछ मनुष्य के विचारों की शुद्धता अथवा अशुद्धता पर निर्भर करता है। जिस प्रकार स्वाती की बूंद सीपी में पड़कर मोती, केले में पड़कर कपूर और सांप के मुंह में पड़कर विष बन जाती है, ठीक वैसे ही बुद्धि पात्रानुसार कार्य करती है। समझदार व्यक्ति जिस सोने से आभूषण बनाता है, मूर्ख उसी सोने से छुरी बनाकर हिंसक भाव धारण करता है।

91

मौत खड़ी ललकार रही, भज ले अब तो मन, शंकर को

हमारी इच्छाएं हमारे हृदय में ही जीर्ण-शीर्ण हो गईं; हमारा यौवन भी बुढ़ापे के कारण नष्ट हो गया। हमारे अच्छे-अच्छे गुण भी कद्रदानों के बिना व्यर्थ चले गए। सर्वशक्तिमान्, सर्वविनाशक साक्षात् काल (मृत्यु) सब कुछ विनष्ट करते हुए हमारी ओर बढ़ रहा है, अतः हमें अब यही लगता है कि काम को जलाने वाले भगवान् शिव के चरणों में ही अपनी रक्षा एवं मुक्ति है। वहीं सद्गति प्राप्त हो सकती है।

इस विश्व में जन्म लेने वाला प्रत्येक मानव अत्यंत दुखी है, क्योंकि उसके जीवन का बहुत-सा भाग बिना किसी सुकर्म के ही दुनियादारी के पीछे भागते हुए निकल जाता है। प्रत्येक इंसान के मन में न जाने कितनी आकांक्षाएं एवं उम्मीदें होती हैं पर वह उन्हें पूर्ण नहीं कर पाता और मन की बातें मन में ही घुटकर नष्ट हो जाती है, वह दुनियादारी में ही फंसा रहता है, उसे पता भी नहीं चलता कि कब जवानी को बुढ़ापे ने दबोचकर नष्ट कर दिया।

मनुष्य की तृष्णा कभी नहीं घटती, बल्कि निरन्तर बढ़ती ही जाती है। वह अपने अच्छे-अच्छे गुणों का प्रदर्शन ही नहीं कर पाता। उन गुणों के बदले कुछ करके नहीं दिखा पाता, यदि कुछ दिखाना भी चाहता है तो उस गुण के ग्राहक नहीं मिलते, फलतः वह गुण जहां का तहां ही नष्ट हो जाता है। उसे कुछ पता ही नहीं चलता कि शक्तिवान्, सर्वभक्षिणी मौत आकर दस्तक देने लगती है। यदि मनुष्य को इन सबसे बचना है तो उसे तुरंत ही वैराग्य धारण कर शिव की शरण में पहुंच जाना चाहिए, जिन्होंने रति के पति कामदेव को भी भस्म कर दिया था। शिव की सच्ची भक्ति ही कामनाओं का सर्वनाश कर मुक्ति का पथ दिखा सकती है।

92

तृष्णा, क्षुधा, कामिनी-भोग, मतिभ्रम के हैं सारे रोग

प्यास के कारण जब मनुष्य का गला सूखने लगता है, तब वह शीतल जल का पान करता है। जब उसे भूख लगती है तब वह साग, कढ़ी, चावल आदि पदार्थ खाता है। जब कामाग्नि तेज होती है तो वह विषय सुख हेतु प्रिय को जोर से अपनी ओर खींचकर गले से लगा लेता है; किन्तु यदि गंभीरता से विचार किया जाए तो पता चलता है कि ये सभी अलग-अलग रोगों के अलग-अलग उपाय हैं। परन्तु व्यक्ति भ्रम के कारण इन्हें ही सुख मानकर इन्हीं में लिप्त है।

मानव के शरीर में नाना प्रकार की आवश्यकताएं जन्म लेती रहती हैं जिनकी पूर्ति का उपाय भी वह करता रहता है; किन्तु वह इनके मूल को खोजने का प्रयत्न नहीं करता जिससे कि सदा के लिए छुटकारा पा जाए। इंसान को जब जोर की प्यास लगती है तो वह शीतल जल को पी लेता है और जब उसके पेट की अग्नि तीव्र होती है तो वह शाक-माजी, कढ़ी एवं चावल आदि नानाप्रकार के पदार्थ खाता है।

इंसान के अंदर जब तीव्र कामाग्नि जाग्रत् होती है तो वह इसके शमन-हेतु अपनी प्रिया को तीव्रता से खींचकर हृदय से लिपटा लेता है। वह इन्हीं भ्रम रूपी सुखों को जीवन के असली सुख समझता है, जबकि यह सभी तृष्णा हैं; जो एक प्रकार की बीमारियां हैं। यदि थोड़ी गहराई से सोचें तो इन सभी भ्रमजालों से छुटकारा हेतु उपाय भी हैं, किन्तु भ्रमवश लोग इनमें ही फंसे रहते हैं। मनुष्य को अति भ्रम के जंजाल से मुक्त होकर सच्चे सुख की कामना करनी चाहिए। वह सच्चा सुख विषयों से वैराग्य लेकर ही प्राप्त होता है।

93

तभी मिलेगा मोक्ष, धरूंगा जब मैं शिव का ध्यान

हे शिव, हे राम को विनष्ट करने वाले प्रभु, मैं पावन गंगा में अपने पापों को धोते हुए, तुझ पर पवित्र फल-फूल चढ़ाते हुए, रात-दिन तुम्हारी पूजा करते हुए, पर्वत की गुफा में स्वच्छ शिला पर बैठे अपनी ही आत्मा में मग्न होते हुए, वन के फलों का भक्षण करते हुए, गुरू की आज्ञानुसार तेरे ही चरणों का ध्यान करते हुए, कब इन संसारी दुखों से मुक्ति पाऊंगा?

मनुष्य लाख चाहे तो भी इस संसार के माया-मोह के बंधनों से मुक्त नहीं हो सकता, जब तक कि उसे गुरु से ज्ञान न प्राप्त हो और शिव जैसे प्रभु की कृपा न हो, जिसके स्मरण से ही कामदेव का प्रभाव घट जाता है। अत: प्रत्येक दशा में शिव की कृपा आवश्यक है।

हे शिव, तूने कामदेव को नष्ट कर दिया था, अतः कामनाओं से ग्रस्त मुझे भी तेरी कृपा चाहिए। मैं भी तेरी शरण में हूं और पवित्र गंगा में स्नान करके तुझ पर ही पवित्र फल-फूलों को चढ़ाता हुआ,तेरी पूजा-अर्चना करता हुआ तेरी ही भांति पवित्र पर्वत की गुफा में शिला पर बैठा हुआ आत्मज्ञान के द्वारा तेरी आराधना में लीन हूं। हे शिव, मैं इस सूने वन में गुरु की आज्ञानुसार, वन के कन्द-मूल, फलादि को खाता हुआ, तेरे ही चरणों में सब कुछ अर्पण करता हूं। अब तू ही बता प्रभु, मैं इन संसारी दुखों से कब मुक्ति पा सकूंगा? क्योंकि मैं इस जगत् के आवागमन के चक्र से ऊब चुका हूं। तू मुझे अपनी शरण में लेकर मुझे मुक्ति प्रदान कर।

94

जो निस्पृह, निष्काम हैं, वे ही प्रभु का रूप

मैं उन्हें ही परमेश्वर के समान महान् समझता हूं जो किसी के आगे अपना सिर नहीं झुकाते, जो लोग पर्वत की कठोर शिला को अपनी शय्या समझते हैं तथा पर्वत की गुफा को अपना घर मानते हैं, जो वृक्षों की छाल को अपने शरीर के वस्त्र मानते हैं, जिनके लिए जंगली हिरन ही मित्र के समान हैं और जो वृक्षों के कोमल फलों से ही अपने उदर का भरण-पोषण करते हैं, जो विद्या (ज्ञान) को प्राणों से प्रिय मानते हैं तथा उसी के साथ रमण करते हैं।

इस संसार में रहकर भी जो मनुष्य किसी चीज की चाह नहीं रखते और वे किसी के सामने कभी गिड़गिड़ाते नहीं हैं, निश्चय ही वे महान् एवं परमेश्वर के समान हैं। जिन्हें दुनिया की हर वस्तु वृथा है और पर्वत की की गुफा घर के समान रमणीय, जो वृक्षों की छाल पहनकर ही प्रसन्न हैं और वन में विचरण करने वाले हिरण आदि जीव ही जिनके मित्र हैं, ऐसे लोग तो देवताओं से भी उच्च एवं त्यागी हैं।

ऐसे लोग वृक्षों के फलों से ही भूख मिटा लेते हैं और जंगली झरनों का शीतल जल पीकर अपनी प्यास शांत कर लेते हैं। यह लोग विद्या को ही प्रियतमा मानकर उसे हृदय से लगाए रहते हैं। निश्चय ही ऐसे लोग साक्षात् ईश्वर के समान हैं क्योंकि वे सचमुच ही ब्रह्मलीन होकर ब्रह्ममय हो गए होते हैं।

95

परिजन, पत्नी-मोह, फंसाता मोह-जाल में

एकांत वन में जहां—गंगा शिव जी के मस्तक को चूमती हुई भली मालूम होती हैं तथा गंगा के किनारे खड़े वट वृक्षों की छालों एवं शाखाओं के फलों से मनुष्य अपना गुजारा आसानी से करने को तत्पर है तब भला कौन ऐसा ज्ञानी या बुद्धिमान् व्यक्ति होगा जो दुख से गहरी सांस लेती हुई स्त्री का मुख देखना चाहेगा? निश्चय ही उसे कंगाली के कारण दुःखी होते हुए अपने कुटुम्बियों पर दया आती होगी।

संसार में किसी भी मनुष्य को दुःख उठाने या गृहस्थी बसाने की आवश्यकता नहीं है यदि वह थोड़ा-सा त्याग का भी जीवन अपना ले, किन्तु स्वजन-कुटुम्बी और स्त्री का मोह ही बाधा डाल देते हैं। यदि वह एकांत वन में गंगा के तट पर तपस्या करने बैठ जाए तो उसे गंगा यूं मालूम देगी जैसे शिव की जटाओं में उलझ-पुलझकर पवित्र रूप में बहती हुई आ रही है। यदि वह गंगा-तट पर खड़े बड़ के वृक्षों की छाल के वस्त्र धारण कर ले और फलों के द्वारा अपनी भूख मिटा ले, तब भला उसे इस संसार में माया के पीछे दौड़ने की क्या आवश्यकता है? फिर भला कौन पुरुष अपनी स्त्री का मुख देखना चाहेगा!

वास्तव में ऐसा हो नहीं पाता, क्योंकि इस संसार में स्त्री ही सारी माया-जनित दुखों की जड़ है। उसकी सर्द आहें और आंखों के आंसू अच्छे-अच्छे ज्ञानी-ध्यानी पुरुषों का संयम तोड़ देते हैं। कुटुम्बी भी गिड़गिड़ाकर मनुष्य को मायाजाल में फंसने के लिए विवश कर देते हैं। कहने का तात्पर्य यह है कि संन्यास के लिए स्त्री और परिवार ही प्रमुख बाधा हैं जिन्हें कोई ज्ञानी ही छोड़कर मुक्ति प्राप्त कर पाता है, अन्यथा प्रकृति तो उनका भरण पोषण करने के लिए हर क्षण तैयार है।

96

काशी है तीरथ का राजा, कण-कण में है शिव का वासा

बड़े आश्चर्य की बात है कि लोग काशी जैसे तीर्थ को छोड़कर दूसरे स्थानों पर क्यों निवास करते हैं? जबकि वहां के उपवनों में अनेक प्रकार के भोजन बनाकर खाना ही कठिन तप के समान है। वहां लंगोटी धारण करना मात्र ही श्रेष्ठ वस्त्र है। वहां भिक्षा मांगकर खाना ही प्रतिष्ठा है। और तो और यदि वहां अचानक मौत आ जाए तो भी अपना परम मंगल है।

काशी तीर्थों में श्रेष्ठ तीर्थ है। वहां पर एक तरफ जहां पवित्र गंगा बहती है वहीं दूसरी ओर भगवान् शिव की नगरी है जिसके कारण वह और भी पवित्र है। इन्हीं कारणों से यह माना जाता है कि जो लोग काशी में मरते हैं वे मोक्ष को प्राप्त करते हैं और जीवन-मरण से मुक्ति मिलती है।

वास्तव में जो लोग काशी जैसी पवित्र स्थली को छोड़कर अन्यत्र जाते हैं वे निश्चय ही अज्ञानी एवं अभागे हैं; क्योंकि काशी में रहकर वहां के उपवनों में धूनी रमाकर उल्टा-सीधा भोजन पा लेना भी किसी तप से कम नहीं। कम से कम वस्त्र पहनकर रहना भी श्रेष्ठ कपड़ों से बेहतर है। वहां पर भिक्षा मांगना और खाना ही गौरवपूर्ण है और यदि मौत भी आ धमके तो कोई गम नहीं, सीधे मोक्ष पद प्राप्त होता है। तब भला ऐसे काशी का परित्याग करना किसी आश्चर्य से कम नहीं तो और क्या है। सच में काशी वास करना श्रेष्ठ और उत्तम है,तात्पर्य यह कि मोक्ष का साधन सुलभ होते हुए भी अभागा मनुष्य सांसारिक मोह-माया में ही फंसा रहता है।

97

आस पराई छोड़कर, प्रभु की शरण गहो

हे मन, तू उनके द्वार क्यों हाथ फैलाने जाता है? जिनके पास सुनने को मिलता है कि "वे अभी मिल नहीं सकेंगे, अंदर एकांत में बैठे हैं या वे इस वक्त सो रहे हैं या यहां से जाओ; तुम्हें खड़ा देखेंगे तो नाराज होंगे।" तू ऐसे लोगों का त्याग कर और विश्व के स्वामी ईश्वर की शरण में जा। जिनके द्वार पर कोई दरबान नहीं रोकेगा, जहां ऐसे निर्दय एवं कठोर वचन भी नहीं सुनने को मिलते तथा जिसका सामीप्य अनंत और नित्य सुख देने वाला है।

मनुष्य संसार के माया-मोह में फंसा होने के कारण अच्छे-बुरे एवं मान-सम्मान का ज्ञान भी नहीं रखता। इसी कारण वह कुछ धन पाने के लिए बड़ी-बड़ी कठिनाइयों का सामना करता है। वह बड़े धनी मनुष्यों के द्वारों पर पहुंच जाता है, जहां उनके दरबान बाहर से ही मूर्ख बनाकर वापस लौटा देते हैं या कहते हैं कि साहब सो रहे हैं, साहब व्यस्त हैं या वे अभी नहीं मिल सकते आदि न जाने कितने बहाने बनाते हैं।

मनुष्य को चाहिए कि वह लालच में पड़कर अपमान करने वाले दुष्ट व्यक्तियों की शरण में न जाये। उसे इस संसार के स्वामी की शरण में जाना चाहिए। जहां से मोक्ष प्राप्त हो सकता है और इस भवसागर से छुटकारा मिल सकता है।

98

जीवन चाक कुम्हार का, सब प्रभु के आधीन

हे प्रिय सखी बुद्धि, कुम्हार जिस प्रकार गीली मिट्टी के लोंदे को चाक में चढ़ाकर डण्डे से चाक को बार-बार घुमाता है और अपनी इच्छानुसार बरतन तैयार करता है, उसी प्रकार संसार को गढ़ने वाला ब्रह्म हमारे चित्त को चिंता रूपी चाक पर चढ़ाकर, विपत्ति रूपी डंडे के द्वारा लगातार चाक को घुमाकर हमारा क्या करना चाहता है, हमें कुछ समझ नहीं आता।

भगवान् ने संसार में मनुष्य की रचना तो की परन्तु उसने उसे माया-जाल के कुचक्र में भी उलझाकर रख दिया, ताकि वह इसी में उलझता रहे। इन्हीं भ्रमों के कारण मनुष्य को अनेक कष्ट भोगने पड़ रहे हैं।

जिस प्रकार कोई कुम्हार अपने बरतन बनाने के लिए पहले गीली मिट्टी का लोंदा चाक पर चढ़ाता है और फिर चाक को डंडे से घुमाते हुए मनचाहे बरतन तैयार करता है, ठीक इसी प्रकार मनुष्य की रचना करने वाले ब्रह्म ने मनुष्य के मन को चिंताओं से युक्त कर दिया तथा उसे चपल इच्छाओं एवं विपत्तियों के डंडे से चाक पर घूमने के लिए विवश कर दिया। ईश्वर ने स्वयं ही उसे मायाजाल के चक्र में उलझा दिया और यह मनुष्य इसे ही सुख मानकर दौड़ता रहता है। इसलिए बुद्धि का प्रयोग कर मनुष्य को ज्ञान प्राप्त कर लेना चाहिए और ब्रह्म के प्रकाश को प्राप्त कर ब्रह्ममय होकर इस चक्र से छुटकारा पा लेना चाहिए।

99

हरि, ब्रह्मा, शिव एक पर, मैं शशिधर का दास

विश्व की रचना करने वाले ब्रह्मा, शिव और परमात्मा विष्णु में यद्यपि मुझे कोई भेद नहीं दीखता। मेरी दृष्टि में तीनों समान हैं; फिर भी मेरा मन उनकी ओर ही झुकता है जिनके माथे पर चन्द्रमा है, अर्थात् मैं शिव की भक्ति करना चाहता हूं।

वास्तव में इस संसार में सर्वशक्तिमान् ईश्वर तो एक ही है; ब्रह्मा, विष्णु और शिव तो एक ही परमात्मा के अलग-अलग नाम रूप हैं—इन रूपों में यदि किसी एक का भी सहारा लिया जाए तो मानव का कल्याण निश्चय है।

यह मन अत्यंत चपल है, जब तक इसे किसी एक रूप के प्रति स्थिर नहीं किया जाएगा, तब तक यह दौड़ता रहेगा और अलग-अलग नामों के पीछे भटकता रहेगा। इस कारण इस मन को किसी एक नाम के पीछे लगाना उत्तम है। मैं तो उसी परमात्मा का भक्त हूं जिसके माथे पर चन्द्रमा शोभित है अर्थात् मुझे तो शिव की ही शरण सबसे अधिक भली लगती है, वहीं मेरा कल्याण है।

जगह-जगह भटकने से यह कहीं अच्छा है कि एक ईश्वर की अराधना की जाय। शिव इसलिए अधिक उपयुक्त हैं, क्योंकि वे कामदेव को जलाने वाले हैं। मनुष्य का सबसे बड़ा शत्रु काम (कामनाएं) ही है। अतः वैराग्य के लिए शिवोपासना ही श्रेष्ठ है, यूं ही शिव का स्वरूप स्वयं वैरागी का स्वरूप है।

100

कामदेव, पिक, मौहिनी, ब्रह्मज्ञान ढिग व्यर्थ

हे कामदेव, तू बार-बार अपने धनुष की प्रत्यंचा खींचकर क्यों आतंकित कर रहा है? ऐ कोयल, तू मधुर आवाज से क्यों कुहू कुहू करके मन को मोह रही है, ऐ मुग्धा कामिनी, तू अपनी तिरछी और मधुर चितवन से मुझ पर क्यों कटाक्ष कर रही है? अब तुम लोग मेरा कुछ भी नहीं कर सकते; क्योंकि मैंने शिव के चरणों को चूमकर ब्रह्मानंद रस का पान कर लिया है।

मनुष्य को जब तक आत्मज्ञान का प्रकाश नहीं मिला था तब तक उसे भौतिक वस्तुएं सरलता से आकृष्ट कर लेती थीं। किन्तु जब उसे ज्ञान के द्वारा ब्रह्मानंद रस प्राप्त हो चुका है तो किसी भी प्रकार के भी लोभ-लालच या आकांक्षाएं उसे विचलित नहीं कर पातीं।

पहले जो कामदेव अपने धनुष-बाण की टंकार से जरा में विचलित कर देता था अब उसकी टंकार का कोई प्रभाव नहीं होता। पहले जिस कोयल की मधुर कू-कू सुनकर उसके मन में प्रणय का भाव जाग उठता था अब उसका कोई प्रभाव नहीं पड़ पाता है। अभी तक जिन यौवना स्त्रियों के तिरछे कटाक्षों से बिंध कर खिंचा चला जाता था अब उनकी सारी अदाएं भी वृथा हैं। वास्तव में जगत् के जिस मनुष्य ने भी भगवान् शिव के चरणों की कृपा से ब्रह्मानंद का सामीप्य पा लिया है उसे भला विश्व में कौन डिगा सकता है? अर्थात् आत्मज्ञानी का कोई कुछ भी नहीं बिगाड़ सकता।

101

सच्चा योगी करे न चिंता, राग-द्वेष से दूर

सच्चा सुखी योगी वही है जो बिल्कुल फटी-पुरानी चिथड़ों की कोपीन पहनता है और चिथड़ों की गुदड़ी ओढ़ता है, जिसके पास चिंता का वास नहीं है, जो आसानी से मिले भिक्षान्न को खाता है और सूने वन या श्मशान भूमि पर सोता है, जो मित्र एवं शत्रु को समान समझता है, अत्यंत साफ हृदयवाला है, जो एकांत झोपड़ी में ध्यान करता है तथा जिसके मद एवं प्रमाद पूर्ण रूप से नष्ट हो चुके हैं। ऐसे ही अनासक्त लोग सच्चे साधक कहलाते है।

इस संसार में जन्मे जिस व्यक्ति के मद एवं दोष मिट चुके हैं जिसने जगत् की चिंताओं से मुक्ति पा ली है, जिसे सुख-दुख जैसी बातें प्रभावित नहीं करती, सचमुच ऐसा व्यक्ति ही सच्चा योगी कहलाता है। ऐसे लोगों को अपने वस्त्रों का ध्यान नहीं रहता है, वे फटे-पुराने वस्त्रों में ही मस्त रहते हैं और फटी-पुरानी गुदड़ी ओढ़कर ही काम चला लेते हैं। उनकी इच्छाएं लगभग मर चुकी होती हैं, वे पूर्ण संतुष्ट होते हैं। उन्हें भूख-प्यास की जरा भी चिंता नहीं होती, जो भी अन्न भिक्षा के द्वारा आसानी से प्राप्त हो जाए उसे ही ग्रहण कर अपनी क्षुधा शांत करते हैं।

ऐसे लोगों का शयन स्थल गृहस्थों से दूर घने वन का सूना एकांत कोना भी हो सकता है या सुनसान श्मशान स्थल भी। वे मित्र और शत्रुओं को समान दृष्टि से देखते हैं, उनके अंदर से राग-द्वेष मिट चुका होता है। ऐसे लोग अपनी सूनी कुटिया में चुपचाप ईश्वर का भजन करते रहते हैं और ब्रह्मानंद का सान्निध्य प्राप्त कर अनंत सुख का उपभोग करते हैं।

102
भोग-विषय सुख क्षणभंगुर हैं, शिवपद ज्ञान प्रकाश

अनेक प्रकार के विषय-भोग क्षणभंगुर, नाशवान् एवं माया-मोह के बंधन के कारण हैं। मनुष्य इस बात को जानकर भी इस चक्कर में क्यों पड़ता है? ऐसे प्रयत्नों से क्या लाभ? यदि आपको मेरे विचारों से श्रद्धा है तो फिर नाना प्रकार की आशाओं के भ्रमजाल से मुक्त हुए सरलचित्त को सदा काम को विनष्ट करने वाले शिव जी के चरणों में लगाओ।

यौवन के दिनों में मनुष्य जिन विषय-भोगों को देखकर उनमें ही खोया रहता है, वे सदा ही ऐसे नहीं रहते हैं बल्कि ये क्षणभंगुर हैं, जो आज हैं तो कल नहीं रहेंगे। तब इन झूठे सुखों के पीछे दौड़ने से क्या लाभ? इनके पाने की चेष्टा करना व्यर्थ है। यह जीवन चंद दिनों का मेहमान है फिर नष्ट होगा और जन्म लेगा, इसी तरह आवागमन के चक्र में फंसा घूमता रहेगा। अतः क्यों न जीवन के सत्य को पहचान कर विश्वासपूर्वक जीवन सफल बनाया जाए।

यह चित्त अनेक बार तृष्णाओं के पीछे दौड़कर निराश हुआ है, कई बार आशाओं के भ्रमजाल टूटे हैं। यहां तक कि चित्त निर्मल हो चुका है फिर क्यों न इसे उस ब्रह्म के चरणों में लगाएं जो काम, मद, मोह को भंग-कर अखंड शांति प्रदान करता है। शांति-सुख के लिए अपना मन काम-विनाशक भगवान् शिव के चरणों में लगाना चाहिए जिससे आत्मज्ञान को प्राप्त करते हुए परमब्रह्म में लीन हो जाएं। यही सर्वोच्च मुक्ति एवं अखंड सुख है।

103

भटक रहा है तृष्णाओं में, वृथा हमारा जीवन दीन

वे लोग धन्य हैं जो पर्वत की गुफाओं में रहते हुए परम ज्योति का ध्यान करते हैं। जिनके खुशी से टपकते आंसुओं को उनकी गोद में बैठकर पक्षी निर्भयता से पीते हैं। हमारी जिन्दगी तो आकांक्षाओं के महल की बावड़ी के तट पर क्रीड़ा करते हुए यूं ही अनेक लीलाओं में बेकार ही बीत रही है।

इस संसार में पैदा होने वाले ऐसे मनुष्य तो बहुत हैं, जिनका जीवन यूं ही निष्फल बीत जाता है तथा वे जीवन मृत्यु के चक्र में पड़े रहते हैं। यहां ऐसे लोग बहुत कम हैं, जिन्होंने अपना जीवन सफल बना लिया है। निश्चय ही उनका जीवन धन्य है जिन्होंने पर्वत की गुफाओं को ही अपना घर बना लिया है, पूर्ण वैराग्य ले लिया है और वहीं वन में ईश्वर की अखंड ज्योति के ध्यान में मग्न हैं। उन्हें अपने तन-बदन का होश ही नहीं है, वे ब्रह्म के ध्यान में लीन इतने प्रसन्न हैं कि उनकी आंखों से खुशी के आंसू टपक रहे है और उनकी गोद में बैठे पक्षी निर्भय होकर आंसुओं को जल की बूंद समझकर अपनी प्यास बुझा रहे हैं।

एक तरफ यह श्रेष्ठ, सफल एव उत्तम जीवन है और दूसरी तरफ विषय-भोग में फंसे लोगों का जीवन है, जो सपनों और चाहतों के महल बनाते रहते हैं और उन्हीं कल्पना महलों की बाबड़ी के किनारे बैठकर लीलाएं करते रहते हैं। अर्थात् छोटी-छोटी आकांक्षाओं, माया-मोह में लिप्त रहकर जीवन व्यर्थ ही गंवा देते हैं।

104
जीवन ग्रसित बहुत दोषों से, मन को शांति नहीं

इस जीवन को मृत्यु ने ग्रस रखा है, विद्युत्-सी चपल जवानी को बुढ़ापे ने घेर रखा है, धन की इच्छा ने संतुष्टि को दबा रखा है, स्त्रियों के हाव-भावों ने मानसिक शक्ति को ग्रस रखा है, वन को सर्प और जानवरों के द्वारा ग्रस लिया गया है, दुष्टों ने राजाओं को ग्रस रखा है, अस्थिरता एवं चंचलता ने ऐश्वर्य एवं कीर्ति को ग्रस रखा है, तब ऐसी कौन-सी चीज है जिसे किसी नाशक दूसरी वस्तु ने नहीं घेर रखा है?

इस जीवन में कहीं कोई स्थिरता नहीं है। यहां हर चीज किसी नाशवान् तत्व से ग्रसित है। मनुष्य के जन्म के साथ ही मृत्यु का भय उसके पीछे-पीछे लगा रहता है और युवावस्था की चंचलता के पीछे बुढ़ापे के पांव बढ़ते रहते हैं। अर्थात् जवान होने के बाद व्यक्ति बुढ़ापे के कुएं की ओर बढ़ता रहता है। मनुष्य के अंदर उठती धन की इच्छा ने तो उसका सारा सुख-संतोष ही छीन रखा है।

मन में भी चैन नहीं मिलता, क्योंकि स्त्री के हाव-भाव, कटाक्षों ने परेशान कर रखा है। वह अपना सारा ध्यान इन्हीं में लगाए रहता है। यदि मनुष्य जंगलों में जाना चाहता है तो वहां सांप और जंगली जानवरों ने कब्जा कर रखा है। यहां के भूपतियों को दुष्ट और लोभी लोगों ने घेर रखा है। यही नहीं, यश और कीर्ति के धन को अस्थिरता एवं चंचलता ने घेर लिया है आज है तो कल नहीं रहनी। निश्चय ही संसार की ऐसी कोई भी वस्तु नहीं है जो नाशवान् न हो। मनुष्य को चाहिए कि वह आत्मज्ञान के द्वारा ब्रह्म प्रकाश की प्राप्ति करे, क्योंकि न तो वह नाशवान् है और न ही किसी प्रकार के लोभ-मोह में फंस सकता है। ब्रह्मज्ञानी सदा निर्भय रहता है।

105

निडर विधाता ने रचा, यह अस्थिर जग दीन

इस सुन्दर स्वस्थ शरीर को सैकड़ों मानसिक एवं शारीरिक रोग नष्ट कर डालते हैं। जहां धन-संपदा है वहां विपत्तियां द्वार तोड़कर चोर की भांति आ धमकती हैं। जो जन्म लेता है उसे मृत्यु ही अपने जबड़े में दबोचने लगती है। तब इस दुनिया में निरंकुश ईश्वर ने कौन-सी ऐसी चीज बनाई है जो स्थायी हो? अर्थात् कुछ भी स्थिर नहीं; केवल आत्मज्ञान अमर है।

संसार में जन्म लेना ही मुसीबतों के ढेर में फंसना है, क्योंकि यहां हर चीज नाशवान् है। यह शरीर ही कितना भी सुन्दर क्यों न हो, पर तमाम रोग इसे घेरे रहते हैं और इसके सौंदर्य एवं स्वास्थ्य को नष्ट कर देते हैं। यदि मनुष्य के पास धन-संपत्ति है तो वहां चोरों की भांति विपत्तियां घात लगाए रहती हैं और सब-कुछ नष्ट कर विनाश की ओर खींच लाती हैं।

इधर मानव ने संसार में जन्म लिया और मृत्यु ने मंडराना शुरू किया है, हर क्षण उसका ही भय रहता है। पता नहीं कब किस क्षण वह अपने जबड़े में फंसा ले। इसके साथ-साथ जीवन में बुढ़ापा कष्ट आदि न जाने कितनी चीजें घात लगाए रहती हैं। विधाता ने वास्तव में कोई भी ऐसी चीज नहीं बनाई, जो टिकाऊ हो, जिस पर गर्व किया जा सके। तब क्यों न ज्ञान के पथ से ब्रह्म की शरण में जाकर मोक्ष प्राप्त किया जाय।

106

जीवन के हैं चार दिना, सुख नहिं मिलिहैं ब्रह्म बिना

प्रथमावस्था में मनुष्य मां के गर्भ में लहू, मूत्र आदि में फंसा जड़ की भांति पड़ा हुआ घोर कष्टों को भोगता है। दूसरी अवस्था यौवन की है, जब वह अपनी प्रियतमा के साथ मिलता भी है, तथा उसके विषम वियोग को भी सहता है। तीसरी अवस्था वृद्धापन की है, जहां वह स्त्रियों के द्वारा अपमानित एवं तिरस्कृत होता है। हे मनुष्य, इस संसार में ऐसी कोई भी जगह नहीं है, जहां जरा भी सुख मिल सके। क्या तू वह जगह बता सकता है?

इस संसार में जन्म लेने के समय से पूर्व ही मनुष्य को कष्टों का सामना करना पड़ता है। वह इस जगत् में जन्म लेने के लिए मां के गर्भ में आता है तभी से उसे वहां अंध कारावास में घोर नारकीय कष्ट झेलने पड़ते हैं। वहां वह खून, मूत्र, बीमारी के बीच जकड़ा जरा भी हिल नहीं सकता। इस कष्ट में पड़ा ईश्वर से प्रार्थना करता है कि उसे मुक्ति दिलाए। यही मनुष्य जब यौबन में कदम बढ़ाता है तो कामवेग से पीड़ित हो स्त्री का दास बन जाता है और उसकी हर झिड़की सहता है। अन्ततः कामी पुरुष स्त्री के वियोग में तड़पता है।

यही मनुष्य जब उम्र की तीसरी अवस्था में पहुंचता है तो शरीर भी कमजोर पड़ जाता है और तब वह पराश्रित हो जाता है। अपनी ही औलाद एवं पत्नी के आगे उसे कुछ भी पाने के लिए गिड़गिड़ाना पड़ता है। किन्तु इतना सब होते हुए भी मनुष्य समय से नहीं चेतता, फलतः उसे कष्ट भोगने पड़ते हैं। यह मनुष्य यद्यपि जानता है कि इस जगत् में कहीं भी सुख नहीं है फिर भी भोग-विलासों के पीछे दौड़ता है, जब कि उसे संसार की नश्वरता से ध्यान हटाकर ब्रह्म का ध्यान करना चाहिए, और उसी का अखंड आनंद प्राप्त करना चाहिए।

107

सौ बरस की जिंदगी में, सुख नहीं लवलेश

मनुष्य की उम्र लगभग सौ बरस की मानी गई है जिसमें आधी जिंदगी तो रातों में सोने के कारण गुजर जाती है। शेष जो बचती है उसमें एक भाग बचपन तथा दूसरा बुढ़ापे में चला जाता है। शेष जो जवानी का हिस्सा बचता है यह रोग, वियोग, नौकरी, शोक एवं हानि आदि अनेक प्रकार के क्लेशों में बीत जाता है। इस चंचल जीवन में पानी की लहरों की भांति मनुष्य के लिए सुख कहां मिल सकता है?

इस संसार में मनुष्य जितनी भी आयु लेकर आता है उसका वह अपने जीवन में कोई उपयोग नहीं कर पाता है। हमारे यहां शास्त्रों में मनुष्य की आयु सौ साल के करीब मानी जाती है। इसका आधा हिस्सा लगभग पचास साल तो सोते हुए गुजर जाता है। शेष पचास साल का एक भाग बचपन के रूप में, एक भाग बुढ़ापे के रूप में निकल जाता है।

मनुष्य के पास जो शेष भाग बचता है वह ही उसका यौवन काल होता है। उस समय को वह विषय-भोग की लालसा से स्त्रियों के पीछे दौड़ने में गुजार देता है, इसके साथ ही रोग, वियोग, नौकरी, चाकरी, लाभ-हानि आदि में गुजारता है। जवानी तो यूं माया के जाल में गुजरी और बुढ़ापा कष्टमय क्लेशों से युक्त बीतता है। यह चंचल जीवन तो जल की लहर के समान क्षणिक है, इसमें सुख कहां मिल सकता है? यह तो दुःखों का ही भंडार है। जीवन की इस विषमस्थिति को देखते हुए मनुष्य को चाहिए कि अपना अधिकाधिक समय भगवान् के भजन में लगाये, अन्यथा विनाश तो निश्‍चित है।

108

ज्ञानी लोभ, मोह ना करते, हम थोथी आशा में मरते

हमें उन बुद्धिमान्, निर्मल ज्ञान वाले ब्रह्मज्ञानियों का कठिन व्रत देखकर बड़ा विस्मय होता है, जो विषय-भोग, धन-दौलत, सोना-चांदी और स्त्री-पुत्र आदि को एकदम से त्याग देते हैं तथा फिर उनकी इच्छा नहीं रखते हैं। हमसे तो उन चीजों की आशा मात्र भी नहीं त्यागी जाती, जो हमें न पहले मिली थीं, न आजकल मिल रही हैं और न आगे मिलने की ही कोई आशा है।

मुझे ऐसे लोगों को देखकर बहुत आश्चर्य होता है जो सच्चा ज्ञान प्राप्त कर चुके हैं, जिन्हें सत्-असत् का ज्ञान हो गया है, जो माया-मोह के बंधनों से ऊपर उठकर संसार को स्वप्न मात्र मानते हैं। निश्चय ही ऐसे लोग श्रेष्ठ ज्ञानी कहलाते हैं जिन्हें संसारी चमक-दमक नहीं प्रभावित करती, जिन्होंने स्त्री-सुख, विषय-भोग, धन-दौलत आदि सब कुछ त्याग दिया है। इन्होंने पुत्र-प्रेम और जगत् की समस्त आकांक्षाओं का परित्याग कर दिया है।

इन लोगों ने अपने हृदय से प्रत्येक चीज को शून्यवत् मानकर त्याग दिया है। जब कि हम अभी संसारी वस्तुओं और माया-मोह के पीछे दौड़ रहे हैं। यही नहीं, हम उस सुख के पीछे दौड़ रहे हैं जो न पहले मिला था, न आजकल ही मिल रहा है, साथ ही यह भी पक्की उम्सीद नहीं है कि आगे चलकर वह सुख मिल जाएगा। बस, हम झूठी आशाओं के पीछे दौड़े जा रहे हैं। निश्चय ही समय रहते ही इनसे सीख लेनी चाहिए और ज्ञान प्राप्त करने का प्रयत्न करना चाहिए।

109

बाघ-बुढ़ापा खड़ा सामने, उमर बीतती जाए

बुढापा भयंकर बाघ की भांति सामने मुंह बाये खड़ा है। इस शरीर पर रोग शत्रुओं की तरह आक्रमण कर रहे हैं। आयु यूं निकल रही है जैसे फूटे घड़े से पानी निकल जाता है। आश्चर्य है कि इतना होते हुए भी हम वही काम करते हैं जिससे हमारा कोई-न-कोई अनिष्ट होता है।

मनुष्य सब कुछ जानते हुए भी समझता नहीं है और मूर्खतापूर्ण कार्य करता रहता है। यह भी किसी आश्चर्य से कम नहीं कि वह आग की जलन जानते हुए भी आग में पांव देता है। अपने पैरों ही कुल्हाड़ी मारता रहता है। मनुष्य को मालूम है कि जन्म लेने के बाद यौवन आता है जिसके ठीक सामने बुढ़ापा बाध की भांति मुंह खोले खड़ा है जो निश्चय ही एक दिन जबड़े में दबोच लेगा, फिर भी हम कोई उपाय नहीं सोचते।

मनुष्य को यह भी ज्ञात है कि यह शरीर भिन्न-भिन्न प्रकार के रोग-दोषों का भंडार है और कोई-न-कोई रोग इसे नष्ट करने में लगा रहता है। मनुष्य की समस्त आयु उसके हाथ से धीरे-धीरे ठीक ऐसे ही निकलती जा रही है जैसे किसी फूटे हुए घड़े से धोरे-धीरे रिसते हुए पानी निकल जाता है और खाली का खाली घड़ा ही रह जाता है। यह सब जानते हुए भी हम उन्हीं कार्यों में लगे रहते हैं, जिनसे हानि ही होती है लाभ नहीं। जीवन की क्षणभंगुरता का स्मरण करते हुए हमें हरदम भगवान् की शरण में जाने का प्रयास करना चाहिए और विषयों के प्रति वैराग्य भाव रखना चाहिए।

110

मानव जग का उत्तम प्राणी
पर क्षणभंगुरतापूर्ण कहानी

कई बार विधि के अज्ञान पर तरस आता है कि उसने मनुष्य को गुणों की खान बनाया, प्राणियों में श्रेष्ठ रत्न-रूप और पृथ्वी का भूषण बनाया। किन्तु उसे क्षणभंगुरता दे दी।

मनुष्य ब्रह्म द्वारा बनाया गया इस जगत् का सर्वश्रेष्ठ प्राणी है। वह समस्त जीवों में उत्तम, बुद्धिमान् तथा चतुर है, जिसकी बराबरी करने वाला जगत् में कोई दूसरा प्राणी नहीं है। मनुष्य इस जगत् का सबसे सुन्दर आभूषण है, वास्तव में जिसके बिना जगत् का सौंदर्य अधूरा है।

विधि ने मनुष्य को इतना श्रेष्ठ तो बनाया पर साथ ही उसके इस अज्ञान पर खेद और आश्चर्य होता है कि उसने अपनी इस श्रेष्ठ कृति को क्षणभंगुर बना दिया है। जिसकी जवानी पानी के बुलबुले की भांति कुछ क्षणों में ही नष्ट हो जाती है, उसके पास कुछ भी स्थायी नहीं होता।

वास्तव में यदि गंभीरता से देखा जाय तो विधि की यह होशियारी ही है, नहीं तो मनुष्य अहंकार में डूबकर और स्वप्न में भी भूलकर ईश्वर को न भजता।

111
हाय बुढ़ापा, बल घटा, जीवन है बेकार

मनुष्य जब वृद्ध होता है तो उसकी खाल सिकुड़ जाती है, चाल भी गड़बड़ा जाती है और दंतपंक्ति उखड़ जाती है, दृष्टि खत्म हो जाती है, बहरापन आ जाता है, मुंह से लार टपकने लगती है, भाई पत्नी, पुत्र आदि बातें नहीं मानते तथा सेवा भी नहीं करते। हाय, पुरुष का बुढ़ापा कितना कष्टमय होता है!

मनुष्य-जीवन की सारी अवस्थाएं एक-सी नहीं होतीं, जहां बालपन निःशंक होता है वहीं जवानी विषय- सुखों के कारण अंधी होती है। पर बुढ़ापा हर प्रकार से दुःखयुक्त होता है, क्योंकि इस अवस्था में जहां शरीर के अंग भी शिथिल पड़ जाते हैं वहीं स्वजन भी उपयुक्त सम्मान एवं सेवा नहीं करते हैं।

बुढ़ापा आने पर शरीर का सौन्दर्य नष्ट होने लगता है, तेज समाप्त हो जाता है और खाल सिकुड़ने लगती है, चाल धीमी पड़ जाती है, दांत भी टूटकर गिर जाते हैं। बुढ़ापे को देखकर अनेक रोग घेर लेते हैं। मनुष्य की दृष्टि नष्ट हो जाती है, कानों से सुनाई भी नहीं देता है। मुंह से लार टपकने लगती है, दमा आदि रोग हो जाते हैं। इधर तो शरीर ढीला पड़ता है उधर भाई और पत्नी सेवा न करके शत्रु भाव से फटकार दिया करते हैं। निश्चय ही वृद्धावस्था में जीवन कष्टकर हो जाता है। अच्छा तो यही है कि समय रहते मनुष्य चेत जाये और सांसारिक बन्धनों से विमुख होकर ब्रह्मानन्द की प्राप्ति का उपाय खोजे।

112

विश्वमंच पर नर को नरहरि, नाना रूप नचाता

इस विश्वमंच पर मनुष्य नाटक के पात्र के समान है जो क्षण-भर में बालक, क्षण-भर में रसिया एवं कामी युवा बन जाता है, क्षण-भर में दीन-हीन तथा क्षण-भर में धन व ऐश्वर्य से परिपूर्ण बन जाता है। अन्त में बुढ़ापे से जीर्ण और सिकुड़ी हुई खाल का रूप दिखाकर यमलोक की यवनिका के पीछे छिप जाता है।

यदि मानव-जीवन का ध्यान से अध्ययन किया जाय तो सचमुच ही वह संसार के मंच पर आकर अपने विभिन्न चरित्र एवं भूमिका निभाकर अपना पार्ट अदा होने पर छुप जाता है। वह जन्म-मरण के चक्र में फंसा फिर कहीं दूसरी जगह अपना यही अभिनय दोहराता है।

मनुष्य के अभिनय की तीन अवस्थाएं होती हैं। संसार के रंगमंच पर पहले वह बालक की भांति आता है जहां अपनी हंसी और किलकारियों से परिवारी जनों को मोह लेता है। यही बालक अपने जीवन के अभिनय के द्वितीय काल में युवा बनता है और विषय-भोगों के पीछे दौड़ता हुआ स्त्रियों के मान-अभिमान एवं वियोग में काफी मदांध बनकर नाचता है। इस बीच उसे कभी धन भी मिल सकता है और ऐश्वर्य भी अथवा वह कंगाल और दीन भी हो सकता है। वह फकीर, राजा, साधु, योगी, भोगी के रूप में भी अपने जीवन का अभिनय करता है। अन्त में उसे बुढ़ापा आता है तब उसके चेहरे की खाल सिकुड़ी होती है, चाल मंद होती है। यह उसके जीवन का आखिरी अभिनय होता है जिसे दिखाने के बाद वह यमपुरी रूपी परदे के पीछे अर्थात् मौत की गोद में छिप जाता है। फिर कहीं जन्म लेकर फिर वही अभिनय करता है। हां, इससे वही बचते हैं जिन्होंने प्रयतन से ब्रह्म-ज्ञान पा लिया है और जन्म-मृत्यु से मुक्ति पा ली है।

113

प्रभु, मैं समदर्शी हो जाऊं, शत्रु-मित्र में तुझको पाऊं

हे परमात्मा, मेरे जीवन के अंतिम दिन किसी पवित्र वन में 'शिव-शिव' रटते हुए बीतें। मेरे लिए सर्प की माला एवं पुष्पहार, बलवान् शत्रु और मित्र, कोमल पुष्प शय्या और पत्थर की शिला, मणि और पत्थर, तिनका और सुन्दर कामिनियां सब एक समान हो जाएं। यही मेरी अंतिम इच्छा है।

मनुष्य जब संसार की क्षणभंगुरता के रहस्य को जान लेता है, उसे जीवन का सच्चा उद्देश्य मालूम हो जाता है और उसे आत्मज्ञान हो जाता है तब प्रभु से उसकी अंतिम इच्छा के रूप में भौतिक पदार्थों की मांग नहीं होती, बल्कि वह इन सबसे ऊपर उठकर कुछ और ही चाहता है।

ऐसा व्यक्ति प्रभु से प्रार्थना करता है कि वह उसकी मति को ऐसा कर दे कि बुरा-भला सब कुछ एक समान ही दिखे। उसे चाहे पुष्प हार हों या सों की माला, चाहे शत्रु हो या मित्र, चाहे वह फूलों की कोमल सेज हो या पत्थर की कठोर शिला, सब कुछ समान ही दिखे। इनमें उसे कोई अंतर नजर न आए। उसे बहुमूल्य मणियां या साधारण पत्थर भी समान दिखें, उसे सुन्दर स्त्रियां भी तिनके के समान तुच्छ दिखें। कहने का तात्पर्य है उसे हर जगह बस एक ही ब्रह्म दिखे तथा उसका चित्त हर जगह एक समान दृष्टि से ही देखे, यही तो सिद्धि की पहचान है।

मूल संस्कृत श्लोक

वैराग्य शतक

दिक्कालाद्यनवच्छिन्नाऽनन्तन्मात्रमूर्तये ।
स्वानुभूत्येकमानाय नमः शान्ताय तेजसे ॥1॥

बोद्धारो मत्सरग्रस्ताः प्रभवः स्मयदूषिताः ।
अबोधोपहताश्चान्ये जीर्णमंगे सुभाषितम् ॥2॥

न संसारोत्पन्नं चरितमनुपश्यामि कुशलं ।
विपाकः पुण्यानां जनयति भयं मे विमृशतः ॥
महद्भिः पुण्यौर्घश्चिरपरिगृहीताश्च विषया ।
महान्तो जायन्ते व्यसनमिव दातुं विषयिणाम् ॥3॥

उत्खातं निधिशंकया क्षितितलं ध्माता गिरेर्धातवो ।
निस्तीर्णः सरितां पतिर्नृपतयोयत्नेन सन्तोषिताः ॥
मन्त्राराधनतत्परेण मनसा नीताः श्मशाने निशाः ।
प्राप्तः काणवराटकोऽपि न मया तृष्णे! सकामा भव ॥4॥

भ्रान्तं देशमनेकदुर्गविषमं प्राप्तं न किञ्चित्फलं
त्यक्त्वा जातिकुलाभिमानमुचितं सेवा कृता निष्फला
भुक्तं मानविर्वाजतं परगृहेष्वाशंकया काकवत्—
तृष्णे दुर्मतिपाप कर्मनिरते नाद्यापि संतुष्यसि ॥5॥

खलालापाः सोढाः कथमपि तदाराधनपरै-
र्निगृह्यान्तर्वाष्पं हसितमपि शून्येन मनसा ।
कृतोवित्तस्तम्भःप्रतिहतधियामञ्जलिरपि
त्वमाशे! मोघाशे! किमपरमतो नर्त्तयसि माम् ॥6॥

आदित्यस्य गतागतैरहरहः संक्षीयते जीवितं
व्यापारर्बहुकार्यभारगुरुभिःकालोपि न ज्ञायते ।
दृष्ट्वा जन्मजराविपत्तिमरणं ज्ञासश्च नोत्पद्यते
पीत्वा मोहमयीं प्रमादमदिरामुन्मुत्त भूतं जगत् ॥7॥

दीना दीनमुखैस्सदैव शिशुकैराकृष्टजीर्णाम्बरा
क्रोशाद्भिः क्षुधितैर्निरन्न विधुरा दृश्या न चेद्गेहिनी
याञ्चाभंगभयेन गद्गदगलत्रूट्यद्विलीनाक्षरं
को देहीति वदेत्स्वदग्धजठरस्यार्थे मनस्वी पुमान् ॥8॥

निवृत्ता भोगेच्छा पुरुषबहुमाने विगलितः
समानाः स्वर्याताः सपदि सुहृदो जीवितसमाः ।
शनैर्यष्ट्युत्थानं घनतिमिररुद्धे च नयने
अहो धृष्टः कायस्तदपि मरणापायचकितः ॥9॥

हिंसाशून्यमयत्नलभ्यमशनं धात्रा मरुत्कल्पितं ।
व्यालानं पशवस्तृणांकुरभुजः सृष्टाः स्थलेशायिनः ॥
संसारार्णवलंघनक्षमधियां वृत्तिः कृता सा नृणां ।
तामन्वेषयतां प्रयांति सततं सर्वे समाप्तिं गुणाः ॥10॥

न ध्यानं पदमीश्वरस्य विधिवत्संसारविच्छित्तये ।
स्वर्गद्वारकपाटपाटनपटुधर्मोऽपि नोपार्जितः ॥
नारीपीनपयोधरोरुयुगलं स्वप्नेऽपि नालिंगितं ।
मातुः केवलमेवयौवनवनच्छेदे कुठारा वयम् ॥11॥

भोगा न भुक्ता वयमेव भुक्तास्तपो न तप्तं वयमेव तप्ताः ।
कालो न यातो वयमेव यातास्तृष्णा न जीर्णावयमेव जीर्णाः ॥12॥

श्रान्तं न क्षमया गृहोचितसुखं त्यक्तं न सन्तोषत-
स्सोढो दुःसहशीततापपवनक्लेशा न तप्तं तपः ॥
ध्यातं वित्तमहर्निशं नियमितप्राणैर्न शम्भोः पद ।
तत्तत्कर्म कृतं यदेव मुनिभिस्तैस्तैः फलैर्वञ्चिताः ॥13॥

बतिरभिमुखमाक्रान्तं पलितेनांकित शिरः ।
गात्राणि शिथिलायन्ते तृष्णैका तरुणायते ॥14॥

येनैवाम्बरखण्डेन संवीतो निशि चन्द्रमाः ।
तनैव च दिवा भानुरहो दौर्गत्यमेतयोः ॥15॥

अवश्यं यातारश्चि रतरमुषित्वापि विषया
वियोगे को भेदस्त्यजति न जनो यत्स्वयममून् ।
व्रजन्तः स्वातंत्र्यादतुलपरितापाय मनसः
स्वयं त्यक्त्वा ह्येते शमसुखमनन्तं विदधति ॥16॥

विवेकव्याकोशे विदधति शमं शाम्यति तृषा
परिष्वंगे तुंगे प्रसरतितरां सा परिणता ॥
जराजीर्णैश्वर्यग्रसनगहनाक्षेपकृपण-
स्तृषापात्रं यस्यां भवति मरुतामप्यधिपतिः ॥17॥

कृशः कायः खञ्जः श्रवणरहितः पुच्छविकलो
व्रणी पूयक्लिन्नः कृमिकुलशतरावृततनुः ॥
क्षुधाक्षामो जीर्णः पिठरजकपालार्पितगलः
शुनीमन्वेति श्वा इतमपि च हन्त्येव मदनः ॥18॥

भिक्षाशनं तदपि नीरसमेकवारं
शय्या च भूःपरिजनो निजदेहमात्रम् ॥
वस्त्रं विशीर्णशतखण्डमयी च कन्था
हा हा ! तथापि विषया न परित्यजन्ति ॥19॥

स्तनौ मांसग्रन्थी कनककलशावित्युपमिती
मुखं श्लेष्मागारं तदपि च शशांकेन तुलितम्
स्त्रवन्मूत्रक्लिन्नं करिवरशिरस्पर्द्धि जघनं—
मुहुर्निंद्यं रूपं कविजनविशेषैर्गुरुकृतम् ॥20॥

अजानन् दाहात्म्यं पततु शलभस्तीव्रदहने
स मीनोऽप्यज्ञानाद् डिशयुतमश्नातु पिशितम् ॥
विजानन्तोऽप्येतेन्वयमिह विपज्जालजटिला-
न्नमुञ्चामः कामानहह! गहनो मोहमहिमा ॥21॥

फलमलमशनाय स्वादु पानाय तोयं
शयनमवनिपृष्ठे वाससे वल्कले च ।
नवधनमधुपानभ्रान्तसर्वेन्द्रियाणा-
मविनयमनुमन्तुं नोत्सहे दुर्जनानाम् ॥22॥

विपुलहृदयैर्धन्यैः कैश्चिज्जगज्जनितं पुरा
विधृतमपरैर्दत्तं चान्यैर्विजित्य तृणं यथा ॥
इह हि भुवनान्यये धीराश्चतुर्दश भुञ्जते
कतिपयपुरस्वाम्ये पुंसां क एष मदज्वरः ॥23॥

त्वं राजा वयमप्युपासितगुरु प्रज्ञाभिमानोन्नताः ।
ख्यातस्त्वं विभवैर्यशांसि कवयो दिक्षु प्रतन्वन्ति नः ॥
इत्थं मानधनातिदूरमुभयोरप्यावयोरन्तरं ।
यद्यस्मासु परांमुखोऽसि वयमप्येकान्ततो निस्पृहाः ॥24॥

अभुक्तायां यस्यां क्षणमपि न यात नृपशते-
र्भुवस्तस्या लाभे क इव बहुमानः क्षितिभृताम् ।
तदंशस्याप्यंशे तदवयवलेशेऽपि पतयो
विषादे कर्त्तव्ये विदधति जडाः प्रत्युतमुदम् ॥25॥

मृत्पिण्डो जलरेखया वलयितः सर्वोऽप्ययं नन्वणुः
स्वांशीकृत्य स एव संगरशतै राज्ञां गणाभुञ्जते ।
ये दद्युर्ददतोऽथवा किमपरं क्षुद्रा दरिद्रं भृशं
धिग्धिकन्तान्पुरुषाधमान्धनकणान् वाञ्छन्ति तेभ्योऽपि ये ॥26॥

न नटा न विटा न गायका न परद्रोहविद्धबुद्धयः ।
नृपसद्मनि नाम के वयं कुचभार नमिता न योषितः ॥27॥

पुरा विद्वत्तासीदुपशमवतां क्लेशहतये
गता कालेनासौ विषयसुखसिद्ध्यै विषयिणाम् ।
इदानीं तु प्रेक्ष्य क्षितितलभुजः शास्त्रविमुखा-
नहो कष्ट साऽपि प्रतिदिनमधोऽधः प्रविशति ॥28॥

स जातः कोऽप्यासीन्मदनरिपुणा मूर्ध्नि धवलं
कपालं यस्योच्चैर्विनिहितमलंकारविधये ।
नृभिः प्राणत्राणप्रवणमतिभिः कैश्चिदधुना
नमद्भिः कः पुंसामयमतुलदर्पज्वरभरः ॥29॥

अर्थानामीशिषे त्वं वयमपि च गिरामीश्महे यावदर्थं
शूरस्त्वं वादिदर्पव्युपशमनविधावक्षयं पाटवं नः ।
सेवन्ते त्वां धनाढ्या मतिमलहतये मामपि श्रोतुकामा-
मय्यप्यास्थान ते चेत्त्वयि मम नितरामेव राजन्नास्था ॥30॥

यदा किंचिज्ज्ञोऽहं द्विप इव मन्दान्धः समभवं
तदा सर्वज्ञोऽस्मीत्य भवदव लिप्तं मम मनः ।
यदा किंचित्किंचिद् बुधजनसकाशादवगतं ।
तदा मूर्योऽस्मीति ज्वर इव मदो मे व्यपगत ॥31॥

अतिक्रान्तः कालो लटभललनाभोगसुभगो
भ्रमन्तः श्रान्ताः स्मः सुचिरमिह संसारसरणौ ।
इदानीं स्वः सिन्धोस्तटभुवि समाक्रन्दनगिरः
सुतारैः फूत्कारैः शिव शिवेति प्रतनुमः ॥32॥

माने म्लायिनि खण्डिते च वसुनि व्यर्थे प्रयातेऽर्थिनि
क्षीणे बंधुजने गते परिजने नष्टे शनैर्यौवने ।
युक्तं केवलमेयदेव सुधियां यज्जजह्न कन्यापयः
पूतग्रावगिरीन्द्रकन्दरदरीकुञ्जेनिवासः क्वचित् ॥33॥

परेषां चेतासि प्रतिदिवसमाराध्य बहुधा
प्रसादं किं नेतुं विशसि हृदयक्लेशकलितम् !
प्रसन्ने त्वय्यन्तस्स्वयमुदितचिन्तामणिगणो
विविक्तः सकल्पः किमभिलषितं पुष्यति न ते ! ॥34॥

भोगे रोगभयं कुले च्युतिभयं वित्ते नृपालाद्भयम्
माने दैन्यभयं बले रिपुभयं रूपे जरायाभयम् ।
शास्त्रे वादिभयं गुणे खलभयं काये कृतांताद् भयम्
सर्वंवस्तु भयान्वितं भुवि नृणां वैराग्यमेवाभयम् ॥35॥

अमीषां प्राणानां तुलितविसिनीपत्रपयसां
कृतं किं नास्माभिर्विगलितविवेकैर्व्यवसितम् ।
यदाढ्यानामग्रे द्रविणमदनिस्संज्ञमनसां
कृतं मानब्रीडैर्निजगुणकथापातकमपि ॥36 ॥

भ्रातः कष्टमहो महान्स नृपतिः सामन्तचक्रं च तत्
पार्श्वं तस्य च साऽपि राजपरिषताश्चन्द्रबिम्बाननाः ।
उद्रिक्तः स च राजपुत्रनिवहस्ते वन्दिनस्ताः कथाः
सर्वं यस्य वशादगात्स्मृतिपदं कालाय तस्मै नमः ॥37॥

वयं येभ्यो जाताश्चिरपरिगता एव खलु ते
समं यैः संवृद्धाः स्मृतिविषयतां तेऽपि गमिताः ।
इदानीमेते स्मः प्रतिदिवसमासन्नपतना
गतास्तुल्यावस्थां सिकतिलनदीतीरतरुभिः ॥38॥

यत्रानेकः क्वचिदपि गृहे तत्र तिष्ठत्यथैको
यत्राप्येकस्तदनु बहवस्तत्र नैकोऽपि चान्ते ।
इत्थं नेयौ रजनिदिवसौ लोलयन्द्वाविवाक्षौ
कालः कल्यो भुवनफलके क्रीडति प्राणिशारैः ॥39॥

तपस्यन्तः सन्तः किमधिनिवसामः सुरनदीं
गुणोदारान् दारानुत परिचरामः सविनयम् ।
पिबाम शास्त्रौघानुतविविधकाव्यामृतरसान्
न विद्मः किं कुर्मः कतिपयनिमेषायुषि जने ॥40॥

गंगातीरे हिमगिरिशिलाबद्धपद्मासनस्य
ब्रह्मध्यानाभ्यसनविधिना योगनिद्रां गतस्य ।
कि तैर्भाव्यं मम सुदिवसैर्यत्र तै निर्विशंका
संप्राप्स्यन्ते जरठहरिणा शंगकंडूविनोदम् ॥41॥

स्फुरत्स्फारज्योत्स्नाधवलिततले क्वापि पुलिने
सुखासीनाः शान्तध्वनिषु रजनीषु द्युसरितः ।
भवाभोगोद्विग्नाः शिवशिवशिवेत्यार्त्तवचसः
कदा यास्यामोऽतर्गत बहुलवाष्पाकुलदृशः ॥42॥

महादेवो देवः सरिदपि च सैषा सुरसरिद्-
गुहा एवागारं वसनमपि ता एव हरितः !
सुहृद्वा कालोऽयं व्रतमिदमदैन्यव्रतमिदं
कियद्वा वक्ष्यामो वटविटप एवास्तु दयिता ॥43॥

शिरः शार्वस्वर्गात्पशुपतिशिरस्तः क्षितिधरं
महीध्राद्त्तुंगादवनिमवनेश्चापि जलधिम् ।
अधो गंगा सेयं पदमुपगतास्तोकमथवा
विवेकभ्रष्टानां भवति विनिपातः शतमुखः ॥44॥

आशा नाम नदी मनोरथजला तृष्णातरंगाकुला
रागग्राहवती वितर्कविहगा धैर्यद्रु मध्वंसिनी ।
मोहावर्तसुदुस्तराऽतिगहना प्रोत्तुंगचिन्तातटी
तस्याः पारगता विशुद्धमनसो नन्दन्ति योगीश्वराः ॥45॥

आसंसारात् त्रिभुवनमिदं चिन्वतां तात तादृङ्
नैवास्माकं नयनपदवीं श्रोत्रमार्गंगतो वा ।
योऽयं धत्ते विषयकरिणोगाढ गूढाभिमान-
क्षीवास्यान्तः करणकरिणः संयमालानलीलाम् ॥46॥

ये वर्तन्ते धनपतिपुरः प्रार्थनादुःखभाजो
ये चाल्पत्वं दधति विषयाक्षेपपर्याप्तबुद्धेः ।
तेषामन्तः स्फुरितहसितं वासराणां स्मरेयं
ध्यानच्छेदे शिखरिकुहरग्रावशय्यानिषण्णः ॥47॥

विद्या नाधिगता कलंकरहिता वित्तं च नोपार्जितं
शुश्रूषापि समाहितेन मनसा पित्रोर्न सम्पादिता ।
आलोलायतलोचना युवतयः स्वप्नेऽपि नालिंगिताः
कालोऽयं परपिण्डलोलुपतया काकैरिव प्रेर्यतेः ॥48॥

वितीर्णे सर्वस्वे तरुणकरुणापूर्ण हृदयाः
स्मरन्तः संसारे विगुणपरिणामां विधिगतिम्
वयं पुण्यारण्ये परिणत शरच्चन्द्रकिरणा-
स्त्रियामा नेष्यामो हरचरणचित्तैकशरणाः ॥49॥

वयमिह परितुष्टा वल्कलैस्त्वं दुकूलै-
स्सम इह परितोषो निर्विशेषो विशेषः ।
स तु भवतु दरिद्रो यस्य तृष्णा विशाला
मनसि च परितुष्टे कोऽर्थवान्को दरिद्रः ? ॥50॥

यदेतत्स्वच्छन्द विहरणमकार्पण्यमशनं
सहार्ये संवासः श्रुतमुपशमैकव्रतफलम् ।
मनो मन्दस्पन्दं बहिरपि चिरस्यापि विमृश-
न्न जाने कस्यैषा परिणतिरुदारस्य तपसः ॥51॥

पाणिः पात्रं पवित्रं भ्रमणपरिगतं भैक्ष्यमक्षय्यमन्न
विस्तीर्णं वस्त्रमाशासुदशकममलं तल्पमस्वल्पमुर्वी ।
येषा निःसंगतांगीकरणपरिणतिः स्वात्मसत्तोषिणस्ते
धन्याः संन्यस्तदैन्यव्यतिकरनिकराः कर्मनिर्मूलयन्ति ॥52॥

दुराराध्यः स्वामी तुरगचलचित्ता क्षितिभुजो
वयं तु स्थूलेच्छा सुमहति फले बद्धमनसः ।
जरा देहं मृत्युर्हरति दयितं जीविदमिदं
सखे नान्यच्छ्रेयो जगति विदुषोऽन्यत्र तपसः ॥53॥

भोगा मेघवितानमध्यविलसत्सौदामिनीचंचला
आयुर्वायुविघट्टिताभ्रपटलीलीनाम्बुवद् भंगुरम् ।
लोला यौवनलालसास्तनुभृतामित्याकलय्यद्रु तं
योगे धैर्यसमाधिसिद्धिसुलभे बुद्धिं विदध्वं बुधाः ॥54॥

पुण्यग्रामे वने वा महति सितपटच्छन्नपाली कपालिं
ह्यादाय न्यायगर्भद्विजहुतहुतभुग्धूमधूम्रोपकण्ठे ।
द्वारं द्वारं प्रवृष्टो वरमुदरदरीपूरणाय क्षुधार्त्तो
मानी प्राणैः स नाथो न पुनरनुदिनं तुल्यकुल्येषु दीनः ॥55॥

चाण्डालः किमयं द्विजातिरथवा शूद्रोऽथ किं तापसः
किं वा तत्त्वविवेकपेशलमतिर्योगीश्वरः कोऽपि किम् ।
इत्युत्पन्नविकल्पजल्पमुखरैः सम्भाष्यमाणा जनैः
न क्रुद्धाः पथि नैव तुष्टमनसो यान्ति स्वयं योगिनः ॥56॥

सखे धन्याः केचित् त्रुटितभवबन्धव्यतिकरा
वनान्ते चित्तान्तर्विषमविषयाशीविषगताः ।
शरच्चन्द्रज्योत्स्नाधवलगगना भोगसुभगां
नयन्ते ये रात्रि सुकृतचयचित्तैमशरणाः ॥57॥

एतस्माद्विरमेन्द्रियार्थगहनादायासकादाश्रय
श्रेयोमार्गमशेषदुःखशमनव्यापारदक्षं क्षणात् ।
शान्तं भावमुपैहि सन्त्यज निजां कल्लोललोलां गतिं
मा भूयो भज भंगुरां भवरतिं चेतः प्रसीदाधुना ॥58॥

पुण्यैर्मूलफलैस्तथा प्रणयिनीं वृत्तिं कुरुष्वाधुना
भूशय्यां नवपल्लवैरकृपणैरुत्तिष्ठ यामो वनम् ।
क्षुद्राणामविवेकमूढमनसां यत्रेश्वराणां सदा
वित्तव्याधिविकार विह्वलगिरां नामापि न श्रूयते ॥59॥

मोहं मार्जय तामुपार्जय रतिं चन्द्रार्द्धचूडामणौ
चेतः स्वर्गतरंगिणीतटभुवामासंगमंगीकुरु ।
को वा वीचिषु बुद्बुदेषु च तडिल्लेखासु च श्रीषु च
ज्वालाग्रेषु च पन्नगेषु च सरिद्वेगेष च प्रत्ययः ॥60॥

अग्रे गीतं सरसकवयः पार्श्वयोर्दाक्षिणात्याः
पश्चाल्लीलावलयरणितं चामरग्राहिणीनाम् ।
यद्यस्त्येवं कुरु भवरसात्वादने लम्पटत्वं
नो चेच्चेतः प्रविश सहसा निर्विकल्पे समाधौ ॥61॥

विरमत बुधा योषित्संगात्सुखात्क्षणभंगुरात्
कुरुत करुणामैत्रीप्रज्ञावधूजनसंगमम् ।
न खलु नरके हाराक्रान्तं घनस्तनमण्डलं
शरणमथवा श्रोणिविम्बं रणन्मणिमेखलम् ॥62॥

प्राणाघातान्निवृत्तिः परधनहरणे संयमः सत्यवाक्यं
काले शक्त्या प्रदानं युवतिजनकथामूकभावः परेषाभ् ।
तृष्णास्त्रोतोविभंगो गुरुषु च विनयः सर्वभूतानुकम्पा
सामान्यः सर्वशास्त्रेष्वनुपहतविधिः श्रेयसामेष पंथाः ॥63॥

मातर्लक्ष्मि भजस्व किंचिदपरं मत्कांक्षिणी मास्म भू-
र्भोगेषुः स्पृहयालवस्तव वशे का निस्पृहाणामसि ?
सद्यःस्यूतपलाशपत्रपुटिकापात्रैः पवित्रीकृतै
र्भिक्षावस्तुभिरवे सम्प्रति वयं वृत्तिं समीहामहे ॥64॥

यूयं वयं वयं यूयमित्यासीन्मतिरावयोः ।
किं जातामधुना येन यूयं यूयं वयं वयम् ॥65॥

बाले लीलामुकुलितमयी मन्थरा दृष्टिपाताः
किं क्षिप्यन्ते विरम विरम व्यर्थ एष श्रमस्ते ।
संप्रत्यन्ये वयमुपरतं वाल्यमास्था वनान्ते
क्षीणो मोहस्तृणमिव जगज्जालमालोकयामः ॥66॥

इयं बाला मां प्रत्यनवरतमिन्दीवरदल-
प्रभाचोरं चक्षुः क्षिपति किमभिप्रेतमनया ।
गतो मोहोऽस्माकं स्मरकुसुमबाणव्यतिकर-
ज्वलज्ज्वाला शान्ता तदपि न वराकी विरमति ॥67॥

रम्यं हर्म्यतलं न किं वसतये श्राव्यं न गेयादिकं
किं वा प्राणप्रियासमागमसुखं नैवाधिक प्रीतये ।
किन्तु भ्रान्तपतंगपक्षपवनव्यालोलदीपांकुर-
च्छायाचंचलमाकलय्य सकलं सन्तो वनान्तं गताः ॥68॥

किं कन्दाः कन्दरेभ्यः प्रलयमुपगता निर्झरा वा गिरिभ्यः
प्रध्वस्ता वा तरुभ्यः सरसफलभृतो वल्कलिन्यश्च शाखाः ।
वीक्ष्यन्ते यन्मुखानि प्रसभमपगतप्रश्रयाणां खलानां
दुःखाप्तस्वल्पवित्तस्मयपवनवशानर्तितभ्रू लतानि ॥69॥

गंगातरंगकण शीकरशोतलानि
विद्याधराध्युषितचारुशिलातलानि ।
स्थानानि किं हिमवत प्रलयं गतानि
यत्सावमानपरपिण्डरता मनुष्याः ॥70॥

यतो मेरुः श्रीमान्निपतति युगान्ताग्निवलितः
समुद्राः शुष्यन्ति प्रचुरमकरग्राहनिलयाः ।
धरा गच्छत्यन्तं धरणिधरपादैरपि धृता
शरीरे का वार्त्ता करिकलभकर्णाग्रचपले ॥71॥

एकाकी निःस्प्टहः शान्तः पाणिपात्रो दिगम्बरः ।
कदा शम्भो भविष्यामि कर्मनिर्मूलनक्षमः ॥72॥

प्राप्ताः श्रियस्सकलकामदुधास्ततः किं
दत्तं पदं शिरसि विद्विषतां ततः किम् ।
सम्मानिताः प्रणयिनो विभवैस्ततः किं
कल्पं स्थिस्तास् तनुभृतां तनवस्ततः किम् ॥73॥

जीर्णा कन्या ततः किं सितममलपटं पट्टसूत्रं ततः किं
एका भार्या ततः किं हयकरिसुगणैरावृत्तो वा ततः किम् ।
भक्तं भुक्तं ततः किंकदशनमथवा वासरान्ते ततः किं
व्यक्तज्योतिर्नवांतर्मथितभवभयं वैभवं वा ततः किम् ॥74॥

भक्तिर्भवे मरणजन्म भयं हृदिस्थं
स्नेहो न बन्धुषु न मन्मथजा विकाराः ।
संसर्गदोषरहिता विजया वनान्ता
वैराग्यमस्ति किमितः परमर्थनीयम् ॥75॥

तस्मादनन्तमजरं परमं विकासि
तद्ब्रह्म चिन्तय किमेभिरसद्विकल्पैः ।
यस्यानुषंगिण इमे भुवनाधिपत्य-
भोगादयः कृपणलोकमता भवन्ति ॥76 ॥

पातालमाविशसि यासि नभो विलंघ्य
दिङ् मण्डलं भ्रमसि मानसचापलेन ।
भ्रान्त्यापि जातु विमलं कथमात्मलीनं
तद्ब्रह्म न स्मरसि निर्वृतिमेषि येन ॥77॥

रात्रिः सैव पुनः स एव दिवसो मत्वामुधा जन्तवी
धावन्त्युद्यमिनस्तथैव निभृतप्रारब्धतत्तत्क्रियाः ।
व्यापारैः पुनरुक्तभूत विषयैरित्यं विधेनामुना
संसारेण कदर्थिता वयमहो मोहान्न लज्जामहे ॥78॥

मही रम्या शय्या विपुलमुपधानं भुजलतां
वितानं चाकाशं ब्यजनमनुकूलोऽयमनिलः ।
स्फुरद्दीपश्चन्द्रो विरति वनितासंगमुदितः
सुखं शान्तः शेते मुनिरतनुभूतिर्नृप इव ॥79॥

त्रैलोक्याधिपतित्वमेव विरसं यस्मिन्महाशासने
तल्लब्ध्वाऽऽसनवस्त्र मानघटने भोगे रतिं मा कृथाः ।
भोगः कोऽपि स एक एव परमो नित्योदितो जृम्भते
यत्स्वादाद्विरसा भवन्ति विषयास्त्रैलोक्यराज्यादयः ॥80॥

किं वेदैः स्मृंतिभिः पुराण पठनैः शास्त्रैर्महाविस्तरैः
स्वर्गग्रामकुटीनिवासफलदैः कर्मक्रियाविभ्रमैः ।
युक्त्वेकं भवदुःखभार रचनाविध्वंसकालानलंः
स्वात्मानन्दपदप्रवेशकलन शेषैर्वणिग्वृत्तिभिः ॥81॥

आयुः कल्लोललोलं कतिपयदिवसस्थायिनी यौवनश्री-
रर्थाः संकल्पकल्पा धनसमयतडिद्विभ्रमा भोगपूगाः ।
कण्ठाश्लेषोपगूढ तदपि च न चिरंयत्प्रियाभिः प्रणीतं
ब्रह्मण्यासक्तचित्ता भवत भवमयाम्भोधिपारं तरीतुम् ॥82॥

ब्रह्माण्डमण्डलीमात्रं किं लोभाय मनस्विनः ।
शफरीस्फुरितेनाब्धिः क्षब्धो न खलु जायते ॥83॥

यदासीदज्ञानं स्मरतिमिरसंस्कारजनितं
तदा दृष्टं नारीमयमियदमशेष जगदपि ।
इदानीमस्माकं पटुतरविवेकाञ्जनजुषां
समीभूता दृष्टिस्त्रिभुवमपि ब्रह्म मनुते ॥84॥

रम्याश्चन्द्रमरीचयस्तृणवती रम्या वनान्तस्थली,
रम्यं साधुसमागमागत सुखं काव्येषु रम्याः कथाः ।
कोपोपाहितवाष्पविन्दुतरलं रम्यं प्रियाया मुखं,
सर्वं रम्यमनित्यतामुपगते चित्ते न किञ्चित्पुनः ॥85॥

भिक्षाशी जनमध्यसंगरहितः स्वायत्तचेष्टः सदा,
हानादानविरक्तमार्गनिरतः स्वायत्तपस्वी स्थितः ।
रथ्याक्षीर्णविशीर्णजीर्णवसनः सम्प्राप्तकन्थासनोः,
निर्मानो निरहंकृतिः शमसुखाभोगैकबद्धस्पृहः ॥86॥

मातर्मेदिनि तात मारुति सखे तेजः सुबन्धो जल
भ्रातर्व्योमनिबद्ध एव भवतामंत्यः प्रणामाञ्जलिः ।
युष्मत्संगवशोपजातसुकृतस्फारस्फुरन्निर्म्मल-
ज्ञानापास्तसमस्तमोहमहिमा लीने पर ब्रह्मणि ॥87॥

यावत्स्वस्थमिदं कलेवरगृहं यावच्च दूरे जरा,
यावच्चेन्द्रियशक्तिरप्रतिहता यावत्क्षयो नायुषः ।
आत्मश्रेयसि तावदेव विदुषा कार्यः प्रयत्नो महान्,
प्रोद्दीप्ते भवने तु कूपखननं प्रत्युद्यमः कीदृशः ॥88॥

नाभ्यस्ता भुवि वादिवृन्ददमनी विद्या विनीतेचिता
खड्गाग्रैः करिकुम्भपीठदलनैर्नाकं न नीतं यशः ।
कान्ताकोमलपल्लवाधररसः पीतो न चन्द्रोदये
तारुण्यं गतमेव निष्फलमहो शून्यालये दीपवत् ॥89॥

ज्ञानं सतां मानमदादि नाशनं
केषां चिदेतन्मदमानकारणम् ।
स्थानं विविक्त यतिनां विमुक्तये
कामातुराणामतिकामकारणम् ॥90॥

जीर्णा एव मनोरथाश्च हृदये यातं च तद्यौवनं,
हन्तांगेषु गुणाश्च बन्ध्यफलतां याता गुणज्ञैर्विना ।
किं युक्तं सहसाऽऽभ्युपैति बलवान्कालः कृतान्तोऽक्षमीः
हा ज्ञातं मदनान्तकध्रियुगलं मुक्त्वास्ति नान्यो गतिः ॥91॥

तृषा शुष्यत्यास्ये पिबति सलिलं शीतमधुरं
क्षुधार्त्तः शाल्यन्नं कवलयति मांसादिकलितम् ।
प्रदीप्ते कामाग्नौ सुदृढतरमालिंगति वधूं
प्रतीकारं व्याधेः सुखमिति विपर्यस्यति जनः ॥92॥

स्नात्वा गांगैः पयोभिः शुचिकुसुमफलैरर्चयित्वा विभोत्वां
ध्येयं ध्यानं निवेश्य क्षितिधरकुहरग्रावपर्यंकमूले ।
आत्मारामः फलाशी गुरुवचनरतस्त्वत्प्रसादात्स्मरारे,
दुःखान्मोक्ष्ये कदाहं तव चरणरतो ध्यानमार्गेकनिष्ठः ॥93॥

शय्या शैलशिला गृहं गिरिगुहा वस्त्रं तरुणां त्वचः
सारंगाः सुहृदो ननु क्षितिरुहां वृत्तिः फलै. कोमलैः ।
येषां निर्झरमम्बुपानमुचितं रत्यै च विद्यांगना,
मन्ये ते परमेश्वराः शिरसि यैर्बद्धो न सेवाञ्जलिः ॥94॥

सत्यासेव त्रिलोकीसरिति हरशिरश्चुम्बिनीयच्छटायां
सद्वृत्तिं कल्पयन्त्यां वटविटपभवैर्वल्कलैः सत्फलैश्च ।
कोऽयं विद्वान् विपत्तिज्वरजनितरुजाऽतीवदुःखासिकानां
वक्त्रं वीक्षेतदुःस्थे यदि हि न विभृयात्स्वेकुटुम्बेऽनुकंपाम् ॥95॥

उद्यानेषु विचित्रभोजनविधिस्तीव्रातितीव्रं तपः,
कौपीनावरणं सुवस्त्रममितं भिक्षाटनं मण्डनम् ।
आसन्न मरणं च मंगलसमं यस्यां समुत्पद्यते,
तां काशी परिहृत्य हन्त विबुधेरन्यत्र किं स्थीयते ॥96॥

नायं ते समयो रहस्यमधुना निद्राति नाथो यदि
स्थित्वा द्रक्ष्यति कुप्यति प्रभुरिति द्वारेषु येषां वचः ।
चेतस्तानपहाय याहि भवनं देवस्य विश्वेशितु-
र्निदौंवारिकनिर्दयोक्त्यपरुषं निःसोमशर्मप्रदम् ॥97॥

प्रियसखि विपद्दण्डव्रात प्रताप परम्पराति-
परिचपले चिन्ताचक्रे निधाय विधिः खतः ।
मृदमिव बलात्पिण्डीतकृत्य प्रगल्भकुलालवद्-
भ्रमयति मनो नो जनीमः किमत्र विधास्याति ॥98॥

महेश्वरे वा जगतामधीश्वरे जनार्दने वा जगदन्तरात्मनि ।
तयोर्न भेदप्रतिपत्तिरस्ति मे तथापि भक्तिस्तरुणेन्दुशेखरे ॥99॥

रे कन्दर्प करं कदर्थयसि किं कोदण्डटंकारितैः
रे रे कोकिल कोमलैः कलरवैः किं त्वं वृथा जल्पसि ।
मुग्धे स्निग्धविदग्धमुग्धमधुरैर्लोलैः कटाक्षैरलं
चेतश्चुम्बित चन्द्रचूडचरणध्यानामृतं वर्त्तते ॥100॥

कौपीनं शतखण्डजर्जरतरं कन्था पुनस्तादृशी
निश्चिन्त्यं सुखसाध्यभैक्ष्यमशनं शय्या श्मशाने वने ।
मित्रामित्र समानताऽतिविमला चिन्ताऽशून्यालये
ध्वास्ताशेषमदप्रमादमुदितो योगी सुखं तिष्ठति ॥101॥

भोगा भंगुरवृत्तयो बहुविधास्तैरेव चायं भव-
स्तत्कस्येह कृते परिभ्रमत रे लोकाः कृतं चेष्टतैः ।
आशापाशशतापशान्तिविशदं चेतस्समाधीयतां
कामोत्पत्तिवशात्स्वधामनि यदि श्रद्धे यमस्मद्वचः ॥102 ॥

धन्यानां गिरिकन्दरेषु वसतां ज्योतिः परं ध्यायता-
मानन्दाश्रु जलं पिबन्ति शकुना निश्शंकमंकेशयाः ।
अस्माकं तु मनोरथोपरचितप्रासादवापीतट-
क्रीडाकाननकेलि कौतुकजुषामायुः परंक्षीयते ॥103॥

आघातं मरणेन जन्म जरया विद्युच्चलं यौवनं
सन्तोषी धनलिप्सया शमसुखं प्रौढ़ांगनाविभ्रमैः ।
लोकैर्मत्सरिभिर्गुणा वनभुवो व्यालैर्नृपा दुर्जनै-
रस्थैर्येण विभूतिरप्यपहृता गस्तं न किं केन वा ॥104॥

आधिव्याधिशतैर्जनस्य विविधैरारोग्यमुन्मूल्यते
लक्ष्मीर्यत्र पतन्ति तत्र विवृतद्वारा इव व्यापदः ।
जातं जातमवश्यमाशु विवशं मृत्युः करोत्यात्मसात्
तत्किं तेन निरंकुशेनविधिना यन्निर्मितं सुस्थिरम् ॥105॥

कृच्छ्रेणामेध्यमध्ये नियमिततनुभिः स्थीयते गर्भवासे
कान्ताविश्लेष दुःखव्यतिकरविषमो यौवने चोपभोगः ।
नारीणामप्यवज्ञा विहसतवसितर्वृद्धभावोऽप्यसाधुः ।
संसारे रे मनुष्या वदत यदि सुखं स्वल्पमप्यस्तिकिञ्चित् ॥106॥

आयुर्वर्षशतं नृणां परिमितं रात्रौ तदर्द्धंगतं
तस्यार्द्धस्य पदस्य चार्द्धमपरं बालत्ववृद्धत्वयोः ।
शेषं व्याधिवियोगदुःखसहितं सेवादिभिर्नीयते
जीवे वारितरंगचंचलतरे सौख्यं कुतः प्राणिनाम् ॥107॥

ब्रह्मज्ञानविवेकनिर्मलधियः कुर्वन्त्यहोदुष्करं
यन्मुञ्चन्त्युपभोगभोज्यपिधनान्येकान्ततो निःस्पृहाः ।
सम्प्राप्तान्न पुरा न सम्प्रति न च प्राप्तौ दृढप्रत्ययान्
वाञ्छामात्रपरिग्रहानपि परं त्यक्तुं न शक्ता वयम् ॥108॥

व्याघ्रीव तिष्ठति जरा परितर्जयन्ती
रोगाश्च शत्रव इव प्रहरन्ति देहम् ।
आयुः परिस्त्रवति छिन्नघटादिवाम्भो
लोकस्तथाऽप्यहितमाचरतीति चित्रम् ॥109॥

सृजति तावदशेषगुणाकरं पुरुषरत्नमलंकरणं भवः ।
तदपितत्क्षणभंगिकरोति चेद् अहह कष्टमपण्डितता विधेः ॥110॥

गात्रं संकुचितं गतिर्विगलिता भ्रष्टा च दन्तावलिः
दृष्टिर्नश्यति वर्धते बधिरता वक्त्रं च लालायते ।
वाक्यं नाद्रियते च वान्धवजनो भार्या न शुश्रूषते
हा कष्टं पुरुषस्य जीर्णवयसः पुत्रोऽप्यमित्रायते ॥111॥

क्षणं बालो भूत्वा क्षणमपि युवा कामरसिकः
क्षणं वित्तैर्हीनः क्षणमपि च सम्पूर्णविभवः ।
जराजीर्णैरंगैर्नट इव बलीमण्डिततनु
र्नरः संसारान्ते विशति यमधानीयव निकाम् ॥112॥

अहौ वा हारे वा बलवति रिपौ वा सुहृदि वा
मणौ वा लोष्ठे वा कुसुमशयने वा दृषदि वा ।
तृणे वा स्त्रैणे वा समदृशो यान्ति दिवसाः
क्वचित् पुण्यारण्ये शिवशिवशिवेति प्रलपतः ॥113 ॥

□